日本：廚川白村　著

出了象牙之塔

魯迅譯：實價九角

Odi profanum vulgus et arceo;

Favete linguis : carmina nou prius

Audita Musarum sacerdos

Virginibus puerisque canto.

——Q. Horath Flacci

Carminum liber iii.

憎俗衆而且遠離；

沈默罷：以未嘗聞之歌

詩神的修士

將爲少年少女們歌唱

——荷拉調斯

詩集卷三

題卷端

將最近兩三年間，偷了學業的餘閒，爲新聞雜誌所作的幾篇文章和幾回講話，就照書肆的需求，集爲這一卷。我是也以斯提芬生將自己的文集題作「貽少年少女」(Virginibus puerisque) 一樣的心情，將這小著問世的。和世所謂學究的著作，也許甚異其趣罷。

關于「象牙之塔」這句話的意義和出典，就從我的舊作近代文學十講裏，引用左方這一節，以代說明罷：——

「在羅曼文學的一面，也有可以說是藝術至上主義的傾向。就是說，一切藝術，都爲了藝術自己而獨立地存在，決不與別問題相關；對于世智辛苦的現在的生活，是應該全取超然高蹈的態度的。置這醜穢悲慘的俗世于不顧，獨隱處于淸高而悅樂的「藝術之宮」——詩人迭儀生所歌詠那樣的 the Palas of Art 或聖蒲孚評維尼時所用的「象牙之塔」(tour d'ivoire) 裏，即所謂「爲藝術的藝術」(art for art's aske)，便是那主張之一端。但是，現今則時勢急變，成了物質文明旺盛的生存競爭劇烈的世界；在人心中，即使一時一刻，也沒有離開實人生而悠游的餘裕了。人們愈加痛切地感到了現實生活的壓迫。人生當面的問題，行住坐臥，常往來于腦裏，而煩惱其心。于是文藝也就不能獨是始終說着悠然自得的話，勢必至與現在生存的問題生出密接的關係來。　連那迫于眼前焦眉之急而使人們共惱的社會上宗教上道德上的問題，也即用于文藝上，實生活和藝術，竟至于接近到這樣了。」

還有，此書題作「出了象牙之塔」的意思，還請參照本書的六六，六八，二四七，二五二頁去。(譯者注：譯本爲五八，五九，二〇三，二一三頁。)

最後的論英語之研究（英文）這講演，是因爲和卷頭的出了象牙之塔第十三節思想生活一條有關係，所以特地採錄了這一篇的。著者當外遊中用英語的講演以及其他，想他日另來結集印行，作爲英文的著作。

在京都岡崎的書樓　著　者

一九二〇年六月

目錄

出了象牙之塔

圖象目次

出了象牙之塔

出了象牙之塔

一　自己表現

爲什麼不能再隨便些，沒有做作地說話的呢，即使並不儼乎其然地擺架子，並不玩邏輯的花把戲，並不掄着那並沒有這麼一回事的學問來顯聰明，而再淳朴些，再天眞些，率直些，而且就照本來面目地說了話，也未必便跌了價罷。

我讀別人所寫的東西，無論是日本人的，是西洋人的，時時這樣想。不但如此，就是讀自己所寫的東西，也往往這樣想。爲什麼要這樣說法的呢？有時竟至於氣忿起來。就是這回所寫的東西，到了後來，也許還要這樣想的罷；雖然執筆的時候，是著著留神，想使將來不至於有這樣思想的。

從早到夜，以虛僞和伶俐凝住了的俗漢自然在論外，但雖是十分留心，使自己不裝假的人們，稱爲「人」的動物既然穿上衣服，則縱使剝了衣服，一絲不掛，看起來，那心臟也還在骨呀皮呀肉呀的裏面的裏面。一一剝去這些，將純眞無雜的生命之火紅燄燄地燃燒着的自己，就照本來面目地投給世間，眞是難中的難事。本來，精神病人之中，有一種喜歡將自己身體的隱藏處所給別人看的所謂肉體曝露狂(Exhibitionist)的，然而倘有自己的心的生活的曝露狂，則我以爲即使將這當作一種的藝術底天才，也無所不可罷。

我近今在學校給人講勃朗寧(Robert Browning)的題作再進一言(One Word More)的詩，就細細地想了一回這些事。先前在學生時代，讀了這詩的時候，是並沒有很想過這些事的，但自從做惡文，弄濫辯，經驗過一點對於世間說話的事情之後，再來讀這篇著作，就有了各樣正中胸懷的地方。勃朗寧做這一首詩，是將自己的詩呈獻給最愛的妻，女詩人伊利沙伯巴列德（Elizabeth Barrett）的時候，作爲跋歌的。那作意是這樣：無論是誰，在自己本身上都有兩個面。宛如月亮一般，其一面雖爲世界之人所見，而其他，却還有背後的一面在。這隱蔽着的一面，是只可以給自己獻了身心相愛的情人看看的。畫聖拉斐羅（Raffaello）爲給世間的人看，很畫了幾幅聖母像，但爲自己的情人却捨了畫筆而作小詩。但丁（Dante）做那示給世間的人們的神曲（Divina Commedia）這大著作，但在新生（Vita Nova）上所記，則當情人的命名日，却取畫筆而畫了一個天使圖。將所謂「世間」這東西不放在眼中，以純眞的隱着的自己的半面單給自己的情人觀看的時候，畫聖就特意執了詩筆，詩聖就特意執了畫筆，都染指於和通常慣用於自己表現的東西不同的別的姊妹藝術上。勃朗寧還說，我是不能畫，也不能雕刻，另外沒有技藝的，所以呈獻於至愛的你的，也仍然用詩歌。但是，寫了和常時的詩風稍稍兩樣的東西，來贈給你。

情人的事姑且作爲別問題。無論怎樣卓絕的藝術上的天才，將眞的自己赤條條地表出者，是意外地少有的。就是不論意識地或無意識地，將所謂讀者呀看客呀批評家呀之類，全不放在眼中，而從事於製作的人，也極其少有。彷彿看了對手的臉色來說話似的討人厭的模樣，在專門的詩人和畫家和小說家中尤其多。這結果即成了匠氣，在以自己表現爲生命的藝術家，就是最可厭的傾向。尤其是老練的著作家們，這人的初期作品上所有的純眞老實的處所就逐漸稀薄，生出可以說是什麼氣味似的東西來。　我們每看作家的全集，比之小說，却在尺牘或詩歌上面更能看見其「人」；與其看時行的畫家的畫，倒是從這人的餘技的文章中，反而發見別樣的趣致。我想，這些就都由於上文所說那樣的理由的。

人們用嘴來說，用筆來寫的事，都是或一意義上的自己告白，自己辯護。所以一面說起來，則說得愈多，寫得愈多，也就是愈加出醜了。這樣一想，文學家們就彷彿非常誠實似的罷，而其實決不然。　開手就將自己告白做貨色，做招牌的裴倫(G. G. Byron)那樣的人，確是銜氣滿滿的脚色。說到盧梭的懺悔錄(J. J. Rousseau's

(Confessions)，則是日本也已經譯出，得了多數的讀者的近代的名著，但便是那書，究竟那里爲止是純眞的，也就有些可疑。 至於瞿提的眞與詩（W. von Goethe's Wharheit und Dichtung）則早有非難，說是那事實已經就不精確的了。此外，無論是古時候的聖奧古斯丁（St. Augustine）的，近代的託爾斯泰（L Tolstoi）的，也不能說，因爲是懺悔錄，便老實囫圇地吞下去。 嘉勒爾（Th. Carlyle）的論文說，古往今來，最率直地坦白地表現了自己者，獨有詩人朋士(R.Burns）而已。這話，也不能一定以爲單是誇張罷。

至於日本文學，告白錄之類即更其少。明治以後的新文學且作別論，新井白石的折焚柴之記文章雖巧，但那並非自己告白，而是自家廣告。倒不如遠溯往古，平安朝才女的日記類這一面，反富於這類文章罷。和泉式部與紫式部的日記，是誰都知道的；右大將道綱的母親的蜻蛉日記， 就英國文學而言，則可與仕于喬治三世(George III.)的皇后的那女作家巴納（Frances Burney）的相比，可以作東西才女的日記的雙壁觀。但是敍事都太多，作爲內生活的告白錄，自然很有不足之感。至於自敍傳之類，則不論東西，作爲告白文學，是全都無聊的。

二 Essay

「執筆則爲文。」

先前還是大阪尋常中學校——那時，對於現在的府立第一中學校，是這樣的稱呼，——的學生時代之際，在日本文法的舉例上或者別的什麼上見過的這毫不奇特的句子，也不明白爲什麼，到現在還剩在腦的角落上。因爲正月的放假，有了一點閒暇了，想寫些什麼，便和原稿紙相對。一拿鋼筆，該會寫出什麼來似的。當這樣的時候，最好便是取 essay 的體裁。

和小說戲曲詩歌一起，也算是文藝作品之一體的這 essay ，並不是議論呀論說呀似的麻煩類的東西。況乎，倘以爲就是從稱爲「參考書」的那些別人所作的東西裏，隨便借光，聚了起來的百家米似的論文之類，則這就大錯而特錯了。

有人譯 essay 爲「隨筆」，但也不對。德川時代的隨筆一流，大抵是博雅先生的札記，或者衒學家的研究斷片那樣的東西，不過現今的學徒所謂 Arbeit 之小者罷了。

如果是冬天，便坐在暖爐旁邊的安樂椅子上，倘在夏天，則披浴衣，啜苦茗，隨隨便便，和好友任心閒話，將這些話照樣地移在紙上的東西，就是 essay 。興之所至，也說些以不至於頭痛爲度的道理罷。也有冷嘲，也有警句罷。既有 humor (滑稽)，也有pathos(感憤)。所談的題目，天下國家的大事不待言，還有市井的瑣事，書籍的批評，相識者的消息，以及自己的過去的追懷，想到什麼就縱談什麼，而託於即興之筆者，是這一類的文章。

在 essay ，比什麼都緊要的要件，就是作者將自己的個人底人格的色采，濃厚地表現出來。從那本質上說，是既非記述，也非說明，又不是議論。以報道爲主眼的新聞記事，是應該非人格底（impersonal）地，力避記者這人的個人底主觀底的調子（note）的，essay 却正相反，乃是將作者的自我極端地擴大了誇張了而寫出的東西，其興味全在於人格底調子（personal note）。有一個學者，所以，評這文體，說，是將詩歌中的抒情詩，行以散文的東西。倘沒有作者這人的神情浮動着，就無聊。作爲自己告白的文學，用這體裁是最爲便當的。既不像在戲曲和小說那樣，要操心於結構和作中人物的性格描寫之類，也無須像做詩歌似的，勞精敝神於藝術的技巧。爲表現不僞不飾的眞的自己計，選用了這一種既是費話也是閒話的 essay 體的小說家和詩人和批評家，歷來就很多的原因即在此。西洋，尤其是英國，專門的 essayist 向來就很不少，而戈特斯密（O. Goldsmith）和斯提芬生（R. L. Stevenson）的，則有不亞於其詩和小說的傑作。即在近代，女詩人美納爾（Alice Meynell）女士的 essay 集生之色采（Color of Life）裏所載的諸篇，幾乎美到如散文詩，將誠然是女性的纖細和敏感，毫無遺憾地發揮出來的處所，也非常之好。我讀女士的散文的 Essay，覺得比讀那短歌 (Sonnet) 之類還有趣得多。

詩人，學者和創作家，所以染筆於 essay 者，豈不是因爲也如上述的但丁作畫，拉斐羅作詩一樣，就在表現自己的隱藏着的半面的緣故麼？豈不是因爲要行爽利的直截簡明的自己表現，則用這體裁最爲順手的緣故麼？

就近世文學而論，說起 essay 的始祖來，則大家都知道，是十六世紀的法蘭西的懷疑思想家蒙泰奴 (M. E. de Montaigne)。引用古典之多，至於可厭這一節，姑且作爲別論，而那不得要領的寫法，則大約確乎做了後來的藹瑪生 (R. W. Emerson) 這些人們的範本。這蒙泰奴的 essay 就傳到英國，則爲哲人培根 (F. Bacon) 的那個。後來最富於此種文字的英吉利文學上，就以這培根爲始祖。然而在歐羅巴的古代文學中，也不能說這 essay 竟沒有。例如有名的英雄傳 (英譯 Lives of Noble Greeks and Romans) 的作者布魯泰珂斯 (Ploutarkhos 通作 Plutarch) 的道德論 (Moralia) 之類，從今日看來，就具有堂皇的 essay 的體裁的。

雖然籠統地說道 essay ，而旣有培根似的，簡潔直捷，可以稱爲漢文口調的艱難的東西，也有像蘭勃（Ch. Lamb）的伊里亞雜筆（Essays of Elia）兩卷中所載的那樣，很明細，多滑稽，而且情趣盎然的感想追懷的漫錄。因時代，因人，各有不同的體裁的。在日本文學上，倘說淸少納言的枕草子稍稍近之，則一到兼好法師的徒然草，就不妨說是儼然的 essay 了罷。又在德川時代的俳文中，Hototogis 派的寫生文中，這樣的寫法的東西也不少。

三　Essay 與新聞雜誌

起於法蘭西，繁於英國的 essay 的文學，是和 journalism（新聞雜誌事業）保着密接的關係而發達的。十八世紀的愛迪生（J. Addison）斯台爾（R. Steele）的時代不待言，前世紀中，蘭勃，亨德（L. Hunt），哈茲列德（Wm Hazlitt）那些人們的超拔的作品，也大抵爲定期刊行物而作。尤其是在目下的英吉利文壇上，倘是帶着文筆的人，不爲新聞雜誌作 essay 者，簡直可以說少有。極其佩服法蘭西的培洛克（H. Belloc），開口就以天外的奇想驚人的契斯透敦（G. K. Chesterton）等，其實就單以這樣的文章風動天下的，所以了不得。恰如近代的短篇小說的流行，和 journalism 的發達有密接的關係一樣，兩三欄就讀完的簡短的文章，於定期刊行物很便當，也就是流行起來的原因之一。

然而，在日本的新聞雜誌上，這類的文字却比較地不熱鬧。近年的，則夏目先生的小品，杉村楚人冠氏，內田魯庵氏，與謝野夫人的作品裏，都有着有趣的東西，此外也沒有什麼使人忘不掉的文字。這因爲，第一，作者這一面，既須很富於詩才學殖，而對於人生的各樣的現象，又有奇警的銳敏的透察力纔對，否則，要做 essayist，到底不成功。但我想，在讀者這一面也有原因的。其一，就是要鑒賞眞的 essay，倘也像看那些稱爲什麼 romance 的故事一樣，在火車或電車中，跑着看跳着看，便不中用的緣故。一眼看去，雖然彷彿很容易，沒有什麼似的滔滔地有趣地寫着，然而一到蘭勃的伊里亞雜筆那樣的逸品，則不但言語就用了伊利沙伯朝的古雅的辭令，而且文字裏面 也有美的「詩」，也有銳利的譏刺，剛以爲正在從正面罵人，而却向着那邊獨自莞爾微笑着的樣子，也有的。那寫法，是將作者的思索體驗的世界，只暗示於細心的注意深微的讀者們。裝着隨便的塗鴉模樣，其實却是用了彫心刻骨的苦心的文章。沒有蘭勃那樣頭腦的我們凡人，單是看過一遍，怎麼會够到那樣的作品的鑒賞呢。

然而就是英國的新聞雜誌的讀者，在今日 也並非專喜歡蘭勃似的超拔的文章。essay 也很成了輕易的東西了。所以少微頑固的批評家之中，還有人憤慨，說是今日的 journalism，是使 essay 墮落了。然則在日本 却幷這輕易的 essay 也不受讀者的歡迎，又是什麼緣故呢。

在日本人，第一就全不懂所謂 humor 這東西的眞價値。從古以來，日本的文學中雖然有戲言，有機鋒（Witz），而類乎 humor 的却很少。到這里，就知道雖在議論天下國家的大事，當危急存亡之際，極其嚴肅的緊張了的心情的時候，倘且不忘記這 humor ；有了什麼質問之類，漸漸地煩難起來了的危機一髮的處所，就用這 humor 一下子打通；互相爭辯着的人們，立刻又破顏微笑着的風韻，乃是盎格魯索遜人種的特色，在日本人中是全然看不見的。一說到議論什麼事，倘不是成了青呀黑呀的臉，「固也，然則」，或者「夫然，豈其然哉」，則說的一面固然覺得口氣不偉大，聽的一面也不答應。什麼不謹愼呀，不正經呀這些批評，就是日本人這東西的不足與語的所以。如果擺開了許許多多的學問上的術語，將明明白白的事情，也不明明白白的地寫出來，因爲是「之乎者也」，便以爲寫着什麼了不得的事情，高興地去讀。讀起來，自己也就覺得似乎有些了不得起來了罷。將極其難解的深邃的思想或者感情，毫不費力地用了巧妙的暗示力，嚥了下去的 essay ，其不合於日本的讀者的尊意，就該說是「不爲無理」罷。

還有一個原因，是日本的讀者總想靠了新聞雜誌得智識，求學問。我想，現代的日本人的對於學藝和智識，是怎樣輕浮，淺薄，冷淡，這就證明了。學藝者，何待再說，倘不是去聽這一門的學者的講義，或者細讀相當的書籍，是决定得不到眞的理解的。　縱使將所謂「雜誌學問」這一些薄薄的智識作爲基址，張開逾量的嘴來，也不過單招識者的嗤笑。因爲有統一的系統底組織底的頭腦，靠着雜誌和新聞是得不到的。

但是定期刊行物既然是商品，即勢不能不迎合讀者的要求。於是日本的雜誌，——不，便是新聞的或一部分的也一樣，——便不得不成爲全像通信教授的講義一般的東西了。試去一檢點近來出得很多的雜誌的內容去，先是小說和情話，其次是照例的所謂論文或論說的「固也然則」式的名文，接着的就是這講義錄。　除掉這些，則龐然數百葉的巨册，剩下的便不過二十葉，多則三四十葉，所以要算稀奇。在普通的英美的評論雜誌上一定具備的詩歌呀，essay 呀，輕易尋不到，那是不勝古怪之至的。

不覺筆尖滑開去了，寫了這樣傲慢的話放在前頭，倘說，那麼，我要做essay了，則即使白村這人怎樣厚臉，也該誠懇地向了讀者謝妄語之罪，幷請寬容。爲什麼呢？因爲眞像essay的東西，到底不是我這等人所能做的。

Essay者，語源是法蘭西語的essayer（試）。即所謂「試筆」之意罷。孩子時候，在正月間常寫過「元旦試筆」的。倘說因爲今年是中年，所以來做模擬的事，固然太俗氣，但我是作爲正月的試筆，就將歷來許多文人學士所做過的essay這東西，眞不過姑且彷作一回的。要寫什麼，連自己也還沒有把握。如果缺了時間，或者煩厭了，無論什麼時候，就收場。

四　缺陷之美

在絢爛的舞蹈會，或者戲劇，歌劇的夜間，凝了粧，笑語着的許多女人的臉上，帶着的小小的黑點，頗是惹人的眼睛。雖說是西洋，有痣的人們也不會多到這地步的。剛看見黑的點躲在頰紅的影子裡時，却又在因舞衣而半裸了的頸頸上也看見一個黑點。這里那里，這樣的婦女多得很。這是日本的女人還沒有做的化粧法，恰如古時候的女人的眉黛一樣，特地點了黑色，做出來的人工的黑子。名之曰 beautiful spot（美人的黶子），漂亮透了。

也許有人想：這大概是，妓女，或者女優，舞女所做的事能。堂堂乎穿着 robe décolleté 的禮裝的 lady 們就這樣。

故意在美的女人的臉上，做一點黑子的緣故，和日本的重視門牙上有些黑的瑕疵，以爲可以增添少女的可愛相，是一樣的。

如果擺出學者相，說這是應用了對照（contrast）的法則的，自然就不過如此。白東西的旁邊放點黑的，悲劇中間夾些喜劇的分子，便映得那調子更加强有力起來。美學者來說明，道是 effect（效果）增加了之故云。悲劇瑪克培斯（Macbeth）的門丁這一墑就是好例。並不粉飾也就美的白皙人種的皮膚上，既用了白粉和燕支加工，這上面又點上濃的黑色的 beautiful spot 去。粉汁之中，放一撮鹽，以增强那甜味，這也就是異曲同工罷。

「渾然如玉」這類的話，是有的，其實是無論看怎樣的人物，在那性格上，什麼地方一定有些缺點。　於是假想出，或者理想化出一個全無缺點的人格來，名之曰神，然而所謂神這東西，似乎在人類一夥兒裡是沒有的。　還有，看起各人的境遇來，也一定總有些什麼缺陷。有錢，却生病；身體很好，然而窮。一面賺着錢，則一面在賠本。剛以爲這樣就好了，而還沒有好的事立刻跟着一件一件地出來。人類所做的事，無瑕的事是沒有的，譬如即使極其愉快的旅行，在長路中，一定要帶一兩件失策，或者什麼苦惱，不舒服的事。於是人類就假想了毫無這樣缺陷的圓滿具足之境，試造出天國或極樂世界來，但是這樣的東西，在這地上，是沒有的。

在眞愛人生，而加以享樂，賞味，要徹到人間味的底裏的藝術家，則這樣各種的缺陷，不就是一種 beautiful spot 麼？

性格上，境遇上，社會上，都有各樣的缺陷。缺陷所在的處所，一定現出不相容的兩種力的糾葛和衝突來。將這糾葛這衝突，從縱，從橫，從上，從下，觀看了，描寫出來的，就是戲曲，就是小說。倘使沒有這樣的缺陷，人生固然是太平無事了，但同時也就再沒有興味，再沒有生活的功效了罷。正因爲有暗的影，明的光這纔更加顯著的。

有一種社會改良論者，有一種道德家，有一種宗敎家，是無法可救的。他們除了厭惡缺陷，詛咒罪惡之外，什麼也不知道。因爲對於缺陷和罪惡如何給人生以興味，在人生有怎樣的大的 necessity（必要）的事，都沒有覺察出。是不懂得在粉汁裏加鹽的味道的。

酸素和水素造成的純一無雜的水，這樣的東西，如果是有生命的活的自然界中，是不存在的。倘是科學家在試驗管中造出來的那樣的水，我們可是不願意嘗。水之所以有甘露似的神液（nectar）似的可貴的味道者，豈不是正因爲含着細菌和雜質的緣故麼？不懂得缺陷和罪惡之美的人們，甚至於用了牽强的計策，單將蒸餾水一般淡而無味的飲料，要到我們這里來硬賣，而且想從人生搶了「味道」去。可惡哉他們，可詛咒哉他們！

聽說，在急速地發達起來的新的都會裏，刑事上的案件就最多。這就因爲那樣的地方，跳躍着的生命的力，正在强烈地活動着的緣故。我們是與其睡在天下太平的死的都會中，倒不如活在罪的都會而動彈着的。月有叢雲，花有風，月和花這纔有興趣。歎這雲的心，嗟這風的心，從此就湧出人生的興味，也生出「詩」來。兼好法師喝破了「僅看花好月圓者耶」之後，還說——

男女之情，亦豈獨謂良會耶？懷終不得見之憂；山盟竟破；獨守長夜；遙念遠天；憶舊事于蕪家：乃始可云好色。（徒然草第一百三十七段）

不料這和尙，却是一個很可談談的人。

小心地不觸着罪惡和缺陷，悄悄地廻避着走的消極主義，禁慾主義，保守思想等，在人類的生活方法上，其所以為極卑怯，極孱頭，而且無聊的態度者，就是這緣故。說是因為要受寒，便不敢出門的半病人似的一生，豈不是誰也不願意送的麼？

因為路上有失策，有為難，所以旅行纔有趣。正在不如意這處所，有着稱為「人生」這長旅的興味的。正因為人類是滿是缺陷的永久的未成品，所以這纔好。一看見小結構地整頓成就了的賢明的人們之類，我們有時竟至於倒有反感會發生。比起天衣無縫來，鶉衣百結的一邊，眞不知道要有趣多少哩。

五　詩人勃朗寧

你們中間，可有誰可以拿石頭來打這犯了姦淫的婦人的麼？這樣說的基督，是認得了活的眞的人類了的詩人，藝術家；而且也是可為百世之師的大的思想家。較之一聽到女教員和人私通，便彷彿教育界也已墮落了似的，嚷嚷起來的那些賢明的僞善者等輩，是差得遠的殊勝偉大的人物。

人是活物；正因爲是活着的，所以便不完全，有缺陷。一到完全之域，生命已經就滅亡。說出「創造的進化」來的哲學者也曾說過這事，詩人勃朗寧也反反覆覆地將這意思詠歎了許多次了。

善和惡是相對的話，因爲有惡，所以有善的。因爲有缺陷，所以有發達；惟其有惡，而善這纔可貴。倘沒有善和惡的衝突，又怎麼會有進化，怎麼會有向上呢？「現在的生活，是我們的結局、或者還是顯示或爬或攀的人們的脚的出發點呢？看起來，這里有着各樣的障碍。在要從低跳向高，却將絆脚的石頭當作階段的人，罪惡和障碍是不足懼的。」（勃朗寧作環與書第十卷教王篇，四〇七行以下。）因爲有黑暗，故有光明；有夜，故有晝。惟其有惡，這纔有善。沒有破壞，也就沒有建設的。現在的缺陷和不完全，在這樣的意義上，確是人生的光榮。勃朗寧這樣地想。對於人生的事實，始終總不是靜底地看，而要動底地看的人，不失信於流動無碍的生命現象的勇猛精進的人，所當達到的結論，豈非正是這個麼？

光愈强，就和强度相應，那影也更其暗。美的臉上的 beautiful spot，用淡墨是不行的，總須比漆還要黑。人的性，是因爲於善强，所以於惡也强。　我們的生命，是經過着這善惡明暗之境，不斷地無休無息地進轉着的。

我不犯罪，所以好；誘惑是不敢接近的。說着這類的話，始終僅安於消極的態度的人們，使勃朗寧說起來，就是比惡人更其無聊得多的下等的人類。還有，無論在東洋，在西洋，教人「知足」的人們都不少，但是一到知足了的時候，或則其人眞是滿足了的時候，生命之泉可就早經乾涸了。　必須有不安於現在的缺陷和不完全，而不住地神往的心，希求的心，在人生纔始有意義。在弗羅連斯的古畫（Old Pictures in Florence）這一篇中，詠吉倭多(Giotto）道，「到了完全之域者，只有滅亡而已。」詠樂人孚格勒爾（Abt Vogler）則云，「地有破片的弧，全圓是在天上。」詠文藝復興期的學者則云，「將『現在』給狗子罷，給人則以『永刼』。」這作

From an engraving by J. G. Armytage

著勃朗寧，在英國近代諸詩人中，是抱着最爲男性底的壯快的人生觀的人。和他同時的詩人而受了神明一般敬重的迪儀生（A. Tennyson）等輩，早經忘却了的今日，勃朗寧的作品雖然那辭句很是晦澀難解，而崇拜的人却日見其多者，就因爲一個勇猛的理想主義的戰士的態度，惹動了飛躍着的今人的心的緣故。

一不經意，拉出了勃朗寧這些人來，筆墨出軌到莫名其妙的地方去了，但是總而言之，正因爲在「現在」有缺陷，大家嚷着「怎麼辦」這一點上，有着生活的意義的。即使明知是徒然，而還要希求的心，雖然苦惱，雖然慘痛，但倘沒有這心，人生即無意味。缺陷的難得之味，也就在此。便是旅行去訪名勝，名勝也許無聊到出於意料之外，然而在走到爲止的路上，是有旅行的眞味的。便是戀愛，也正在相思和下淚的中途有意味，一到了稱爲結婚這一個處所，則竟有人至於說，這已經是戀愛的墳墓了。與謝野夫人的新歌集火之鳥中有句云：

幷徹靑的悲哀也收了進去，搾得豐饒了的愛的賦彩。

想到人間身之苦呀的時候，落下來的淚的甜味。

使雩俄（V. Hugo）說起來，則所謂人者，都受着五十年或六十年的死刑的緩辦的，這緩辦的期間，就是我們的一生。一休禪師也說過使人躭心的事，以爲門松是冥塗的行旅的一里塚，但在一個一個經過這些一里塚的路程上，不就有人生的興味麼？（譯者註：門松是日本新年的門外裝飾；一里塚是古時記里數的土堠，一里一個，或用樹；今已無。）

藝術之類也如此。完成了的藝術，沒有瑕疵，但也沒有生命，只有死而已。因爲已經嵌在定規裏，一動也不能動的緣故。根本底改造的要求，即由此發生。去看雁治郎這些人的技藝，覺得巧是巧的。然而那也只能終於那麼樣，已經到了盡頭的事，不是誰都看得出來麼？硯友社以來的明治小說，自然主義絕不費力地取而代之者，就因爲尾崎紅葉的作品已經成了完璧了。

將文藝上的古典派和羅曼派之差，亞克特美(academie)風和近代風之異，都用了這缺陷之美的事來一想，頗有趣的。

以希臘羅馬的藝術爲模範的古典派，是有着絕對美的理想的。那作品，是在尋求那不失整齊和均衡，嚴整的一絲不亂的完璧。是用了冷的理智來抑制情熱，著重於藝術上的規範和法則的無瑕的作品。和這反對而起來的羅曼派的文藝，則是不認一切法則和權威的自由奔放的藝術。從古典派的見地說，則這是連形制之類也全不整頓的滿是瑕疵的雜亂的藝術品。羅曼派的頭兒沙士比亞(W. Shakespeare)的戲曲，就和希臘的古典劇正反對，是形制歪斜的不整的作品。「解放」的藝術，前塗當然在這里；缺點是多的，唯其多，生命的力也顯現得比較的强；其中所描寫的自然和人生，都更加鮮明地躍動着。

與其是無瑕而完美的水晶，倒不如尋求滿是瑕疵的金剛石的，是羅曼派。好在光的强烈。豈但鬧 beautiful Spot 的亂子而已麼，說是無論是痘疤，是痣，是瞎眼，是獨眼，什麼都無妨，只願意有那洋溢着「生命感」的有着活活潑潑的力的面貌。

然而一到比羅曼派更進一步的近代派的文藝，則就來寶貴這瑕疵，寶貴這缺陷，就要將這作爲出售的貨色，所以徹底得很。亞克特美風的人們裝出不以爲然的臉相，也非無故的。

心醉之後看人，雖痘疤也是笑靨。將痘疤單看作痘疤的時候，就是還沒有徹骨地心醉着的證據。在眞愛人生，要徹到人間味的底裡去的近代人，則就在這醜穢的黑暗面和罪惡裡，也有美，看見詩。因爲在較之先前的古典派的人們，專以美呀善呀這些一部分的東西爲理想，而不與醜和惡對面者尤其深遠的意義上，就被人生的缺陷這東西惹動了心的緣故。以生命感，以現實感爲根抵的前世紀後半以後的近代文藝，倘不竟至於此，是不滿足的。

所以，自然派就將醜猥的性慾的事實，毫無顧忌地寫了出來，讚美那罪和惡和醜，在文藝上創始了新的戰慄的「惡之華」的詩人波特來爾（C. Baudelaire），被奉為惡魔派的頭領了。確是斐列特力克哈理生（Frederic Harrison）罷，見了羅丹（A. Rodin）的巴爾札克（H. de Balzac）像，嘲為「汚穢的崇拜」（Faulkult）。倘給他看了後期印象派的繪畫，不知道會說出什麼來。

石頭都要用毛刷來掃得乾乾淨淨的西洋人，未必懂得庭石的妙味罷。倘不是乖僻得出奇，並且將不乾凈的苔蘚，當作寶貝的日本人，便不能領會得真的庭石的趣味。社會的缺陷和人類的罪惡，不就是這不乾凈的苔蘚的妙味麼？

所謂飲饌的通人，是都愛喫有臭味的東西的。倘若對於有臭味的東西不見得喫得得意，則無論是日本殽饌，是西洋殽饌，都未必眞實地賞味着罷。

聽說從日本向西洋私運東西的時候，曾有將貨物裝在澤庵漬物（譯者註：用糠加鹽所醃之蘿蔔。澤庵和尙所發明，故云）的桶的底裏的奸人。因爲西洋的稅關吏對於那澤庵漬物的異臭，即掩鼻辟易，桶底這一面就不再檢查了。不能賞味那糠糟和澤庵漬物的氣味者，縱使談論些日本殽饌，也屬無聊。還有，在西洋人，也喫各種有臭味的東西。便是caviare（譯者註：鹽漬的魚子），大抵的日本人也就擋不住。我想，倘不能對於那一看就覺得髒的稱爲 Roquefort 的乾酪(cheese)之類，味之若有餘甘者，是未必有共論西洋飲饌的資格的。

文藝家者，乃是活的人間味的大通人。倘不能賞鑒罪惡和缺陷那樣的有着臭味的東西，即不足與之共語人間。四近的官僚呀教育家呀和尙呀這一輩，應該知道，倘不再去略略修業，則對於文藝的作品等，是沒有張嘴的資格的。

七　聰明人

我所趁着的火車，擁擠得很利害。因爲幾個不懂事的車客沒有讓出坐位來的意思，遂有了站着的人了。這是炎熱的八月的正午。

我的鄰席上是剛從避暑地回來似的兩個品格很好的老夫婦。火車到了一個大站，老人要在這里下車去，便取了頗重的皮包，站立起來。看車窗外面，則有一班不成樣子的羣衆互相推排，競奔車門，要到這車子裏來乘坐。

老人將皮包擱在窗框上，正要呼喚搬運夫的時候，本在競奔車門的羣衆後面的一個三十歲上下的洋裝的男人，便橐橐地走近車窗下，要從老人的手裏來接皮包。我剛以爲該是迎接的人了，而老人却有些躊躇，彷彿不願意將行李交給漠不相識的這男子似的。忽然，那洋裝男人就用左手一招呼那邊望得見的搬運夫，用右手除下自己戴着的草帽來，輕舒猿臂，將這放在老人原先所坐的位置上。老人對着代叫搬運夫的這男人道了謝，夫婦於是下車去了。

車裏面，現在是因爲爭先恐後地擁擠進來的許多車客之故，正在擾嚷和混亂，但坐位總是不够，下車的人不過五六個，但上來的却有二三十人罷。

於是，那洋服的三十歲的男人，隨後悠悠然進來了。我的隔鄰而原是老人的坐位上，本來早已堂堂平放着一頂草帽的，所以即使怎樣混雜，大家也對於那草帽表着敬意，只有這一處還是空位。三十歲男人便不慌不忙將草帽擱在自己的頭上，使同來的兩個藝妓坐在這地方。說一句「多謝」或者什麼，便坐了下去的藝妓的髮油的異臭，即刻紛紛地撲進我的鼻子來。

踏人的脚，脚被人踏，推人，被人推，拚死命擠了進來的諸公，都鵠立着。

也許有些讀者，要以爲寫些無聊的事罷，但是人間的世界，始終如此，我想，再沒有別的，能比在火車和電車中所造成的社會的縮圖更巧妙的了。

奮鬥的結果，終於遭了鵠立之難的人們，也許要大受攻擊，以爲搗亂，或者不知道禮儀。假使那時誤傷了誰，就碰在稱爲「法律」這一種機器上，恐怕還要問罪。而洋裝的三十歲男人却正相反，也見得是悠揚不迫的紳士底態度罷，也可以說是幫助老人的大可服佩的男兒罷，而且在藝妓的意中也許尊爲懇切的大少罷。將帽子飛進車窗去，於法律呀規則呀這些東西，都毫無抵觸。他就這樣子，巧妙地使那應該唾棄的利己心得了滿足了。誠然是聰明人！

我對於這樣的聰明人，始終總不能不抱着强烈的反感。

嚷着勞動問題呀，社會問題呀，從正面儘推儘擠的時候，就在這些近旁，不會有什麼政客呀資本家呀的舊草帽輾轉着的麼？

我常常這樣想：掄了廚刀，做了强盜，而陷於罪者，其實是質朴，而且可愛的善人；至少也是純眞的人。可惡得遠的東西，眞眞可憎的東西，豈不是做了大臣，成了富翁，做了經理，尤其甚者，還被那所謂「世間」這昏瞶東西稱爲名流麼？伊孛生（H. Ibsen）寫在社會之柱（英譯 The Pillars of Society）裡的培爾涅克似的人物，日本的社會裏是很多；但是培爾涅克似的將罪惡告白於羣衆之前者，可有一個麼？他們不入牢獄，而在金殿玉樓中揚威。倘以爲這是由于各人的賢愚和力量之差，那可大錯了；也不獨是運的好壞之差。其實，是因爲人類的社會裏，有大缺陷，有大漏洞的緣故。

所謂「蓋棺論定」這等話，誑人罷了。如果那判斷者仍是人們，仍是世間的時候，也還是不行。用了往昔的宗教信徒的口吻說起來，則倘不是到了最後的審判這一日，站在神的法庭上，會明白什麼呢？

對於我們的徹底底本質底的第一義底生活，眞能够完完全全地，作爲準則的道德，法律，制度和宗教，在人類的文化發達的現今的程度上，是還未成就的。或者永遠不成就也難說。就用隨時敷衍的東西，姑且對付過去的，是現在的人類生活。勞工資本關係，治安警察法，陪審制度，婦女問題，將這些東西玩一通，能成什麼事？倘不是再費上帝的手，就請將「人」這東西從新改造一通，是到底不見得能成氣候的。

雖然這樣，——不，惟其這樣，人生是有趣的，有意味的。於我們，有着生活的功效的。思想生活和藝術生活的根源，也即從這里發生。再說一回：看缺陷之美罷！

八　獃子

將「好人物」，「正直者」，這樣體面的稱呼，當作「愚物」，「無能者」這些極其輕蔑的意義來使用的國語，大約只有日本話罷。我們還應該羞，還應該誇呢，恰如home或gentleman這類言語，英語以外就沒有，而盎格魯索遜人種即以此爲誇耀似的？

想起來，現今的日本，是可怕的國度。倘不像前回所說那樣，去坐火車時，將舊草帽先行滾進去，就會如我輩一樣困窮，或則受人欺侮；尤其甚者，還有被打進監牢裏去的呢。我想，眞是當禍祟的時代，生在禍祟的國度裏了。

無論看那里，全是絕頂聰明人。日本今日第一必要的人物，也不是謀士，也不是敏腕家，也不是博識家，這樣的多到要霉爛了。最望其有的，只是一直條的熱烈而無底的獃子。倘使迭阿該納斯(Diogenes)而在現今的日本，就要大白天點了懷中電燈，遍尋這樣的獃子了罷。

特地出了王宮，棄了妻子，走進檀特山去的釋迦，是大大的獃子。被加略的猶大所賣，遭着給家狗咬了手似的事情之後，終於處了磔刑的基督，也是頗大的獃子。然而這樣的獃子之大者，不獨在日本，就是現今的世界上，也到底沒有的。縱使有，也一動不得動罷。不過從鄉黨受一些那是怪人呀偏人瘋子呀之類的尊稱，馴良地深藏起來而已罷。然而，我想，不得已，則但願有個嘉勒爾(Th. Carlyle)，或伊孛生，或者託爾斯泰那樣程度的獃子。不，即使不過一半的也好，倘有兩三個，則現今的日本，就像樣地改造了罷，成了更好的國度了罷，我想。

所謂獃子者，其眞解，就是踢開利害的打算，專憑不僞不飾的自己的本心而動的人；是決不能姑且妥協，姑且敷衍，就算完事的人。是本質底地，徹底底地，第一義底地來思索事物，而能將這實現於自己的生活的人。是在炎炎地燒着的烈火似的內部生命的火燄裏，常常加添新柴，而不怠於自我的充實的人。從聰明人的眼睛看來，也可以見得愚蠢罷，也可以當作任性罷。單以爲無可磋商的古怪東西還算好，也會被用 auto-da-fe 的火來燒殺，也會像尼采 (F. Nietzsche) 一樣給關進瘋人院。這就因爲他們是改造的人，是反抗的人，是先覺的人的緣故。是爲人類而戰鬪的 Prometheus 的緣故。是見得是極其危險的惡黨了的緣故。是因爲沒有在因襲和偶像之前，將七曲的膝，折成八曲的智慧的緣故。是因爲超越了所謂「常識」這一種無聊東西了的緣故。是因爲人說右則道左，人指東則向西，眞是沒法收拾了的緣故。而這也就是豫言者之所以爲豫言者，大思想家之所以爲大思想家；而且委實也是偉大的獃子之所以爲偉大的獃子的緣故。

這樣的大的獃子，未必能充公司人員；倘去做買賣，只好專門折本罷。官吏之類，即使半日也怎麼做？要當冥頑到幾乎難於超度的現今的教育家，那是全然不可能的。然而試想起來，世界總專靠着那樣的大的獃子的獃力量而被改造。人類在現今進到這地步者，就因爲有那樣的許多獃子之大者拚了命給做事的緣故。寶貴的大的獃子呀！凡繙檢文化發達的歷史者，無論是誰，都要將深的感謝，從衷心捧獻給這些獃子的！

並且又想，democratic 的時代，決不是天才和英雄和豫言者的時代了。現在是羣集的時代；是多衆的時代；是將古時候的幾個或一個大人物所做的事業，聚了百人千人萬人來做的時代。我們在現今這樣的時代裏，徒然翹望着釋迦和基督似的超絕的大獃子的出現，也是無謂的事。應該大家自己各各打定主意，不得已，也要做那千分之一或者萬分之一的獃子。這就是自己認眞地以自己來深深地思索事物；認眞地看那像書樣子的書；認眞地學那像學問樣子的學問，而竭了全力去做那變成獃子的修業去。倘不然，現今的日本那樣的國度，是無可救的。

我雖然自己還樣地寫；雖然從別人，承蒙抬舉，也正被居然蔑視爲獃子，受着當作愚物的待遇；悲哀亦廣哉，在自己，却還覺得似乎還剩着許多聰明的分子。很想將這些分子，刮垢除痂一般掃盡，從此拚了滿身的力，即使是小小的獃子也可以，試去做一番變成獃子的工夫。倘不然，當這樣無聊的時代，在這樣無聊的國度裏，徒然苟活，就成爲無意義的事了。

九　現今的日本

「與其遇見做着獃事的獃子，不如遇見失竊了小熊的牝熊。」這是舊約的箴言中的句子。日本的古時候的英雄，也曾說：再沒有比獃子更可怕的東西。在世間，不是還至於有「獃氣力」這一句俗諺麼？

有小手段，長於技巧的小能幹的人；鑽來鑽去，耗子似的便當的漢子；趕先察出上司的顏色，而是什麼辦事的「本領」的漢子。在這樣的人物，要之，是沒有內生活的充實，沒有深的反省，也沒有思索的。輕浮，膚淺，淺薄，沒有腰沒有腹也沒有頭，全然像是人的影子。因爲不發底光，也沒有底力，當然不會發出什麼使英雄失色的獃氣力來。無論什麽時候，總是恍恍忽忽、搖搖蕩蕩，蹌蹌踉踉的。假使有誰來評論現代的日本人，指出這恍恍忽忽搖搖蕩蕩的事的時候，則我們可確有否認這話的資格麽？我想，沒有把握。

近日的日本，這搖搖蕩蕩蹌蹌踉踉尤其凶。先前，說是米貴一點，鬧過了。然而，在比那時只隔了兩年的今日，雖然比鬧事時候，又貴上兩三百錢，而爲我們物質生活的根本的那食物的價目，竟並不成爲集注全國民的注意的大問題；或者還至於顯出完全忘却了似的臉相。接着，就嚷起所謂勞動問題來了，然而連一個的勞工聯合還未滿足地辦好之間，這問題的火勢也似乎已經低了下去。democracy 這句話，格言似的連山陬海澨都傳遍，則就在近幾時。然而便是緊要的普通選擧的問題，前塗不也渺茫麽？彼一時此一時，倘有對於宛然小戶娘兒們的歇斯迭里似的這現象，用了陳腐平凡的話，怜悧似的評爲什麽易熱故亦易冷之類者，那全然是錯的。雖說「易熱」，但最近四五十年來，除了戰爭時候，日本人可曾有一回，爲了眞的文化生活，當眞熱過麼？眞的熱，並不是花炮一般劈劈拍拍鬧着玩的。總而言之，就因爲輕浮，膚淺的緣故。單是眼前漂亮，並沒有達到徹底的地方。挂在中間，微溫，妥協底，敷衍着，都是爲此。換了話說，就是沒有獃子的緣故；蠢人和怪人太少的緣故。

然而，這也可以解作都人和村人之差。正如將東京人和東北人，或者將京阪人之所謂「上方者」和九洲人一比較，也就知道一樣，都人的輕快敏捷的那一面，却可以看見可厭的浮薄的傾向。村人雖有鈍重迂愚的短處，而其間却有狂熱性，也有執着力，也有徹底性，就像童話的兎和龜的比較似的。

思想活動和實行運動是內生命的躍進和充實的結果，所以，這些動作，是出於極端地文化進步了的民族，否則，就出於極端地帶着野性的村野的國民。兩個極端，常是相等的。（但野蠻人又作別論，因爲和還沒有自已思索事物的力量的孩子一樣，所以放在論外。）向現今世界的文明國看起來，最儼然地發揮着都人的風氣和性格者，是在今還遞傳着臘丁文明的正系的法蘭西人。所以從法蘭西大革命以來，法國人總常是世界的新思潮新傾向的主動者，指導者。看見巴黎的風俗，便下些淫靡呀頹廢呀之類的批評的那一輩，其實是什麼也不懂的。

但是，和這全然正反對，說起文明國中帶得野性最多的村人來，究竟是那一國呢？

十　俄羅斯

這不消說，是俄羅斯。從地理上說，是在歐洲的一角，從歷史上說，眞有了眞的文化以來不過百年。斯拉夫人種，確是文明世界的田夫野人也。這村民被西歐諸國的思潮所啟發，所誘導，發揮出村民的眞像村民，而且獃子的眞像獃子的特色，於是產生了許多陀思妥夫斯奇（F. Dostoevski），產生了許多託爾斯泰了。

在我，俄文是一字也不識，不過靠着不完全的法譯和英譯，將前世紀的有名的戲曲和小說，看了一點點，所以議論俄羅斯的資格，當然是沒有的。雖是當作專門買賣的文學，而對於俄羅斯最近的作品，也完全不知道。 看看新聞紙上的外國電報，總有些什麼叫作過激派的莫名其妙的話，但都是似乎毫不足信，而且統統是斷片底的報道，一點也看不出什麼究竟是什麼來。俄國人現在所想，所做的事，究竟是善的還是惡的，是正當還是不正當，在一個學究的我，也還是連判斷，連什麼，都一點沒有法。現下，bolsheviki 這字，記得在一本用英文寫的書裡面，曾說那意義是more即「更多」。但在日本語，爲什麼却譯作過激派了呢？第一從那理由起首，我就不明白。想起來，也未必有因爲別有作用，便來亂用誤譯曲譯的橫暴脚色罷，竟不知道是怎麼一回事。聽說，對於 bolsheviki 還有 mensheviki（少數黨），是民主底社會主義的穩和派，但其中的事情，也知道得不詳細。然而，倘若將多數黨這一個字譯作過激派算正當，則在日本，也將多數黨稱爲過激派，如何？聽說，近來在支那，採用日本的譯語很不少，而獨於 bolsheviki ，却不取過激派這一個希奇古怪的譯語，老老實實地就用音譯的。

像我似的多年研究着外國語的人，是對於這樣無聊的言語的解釋，也常要非常拘執的，但這且不論，獨有俄羅斯，却眞是看不準的國度。就是去讀英美的雜誌，獨於俄國的記事和論說，也看不分明。前天也讀了一種英國的評論雜誌，議論過激派的文章兩篇並列着，而前一篇和後一篇，所論的事却正相反對的。這樣子，當然不會有知道眞相的道理。

然而在這里，獨有一個，爲我所知道的正確的事實。這就是，稱爲世界的强國而耀武揚威的各國度，不料竟很怕俄國人的思想和活動這一個事實。就是很怕那既無金錢，也沒了武力的俄國人這一個不可解不可思議的事實。其中，有如幾乎要吐出自巳的國度是世界唯一的這些大言壯語的某國，豈不是單聽到俄羅斯，也就索索地發抖，失了血色麼？僅從俄國前世紀的思想和藝術推測起來，我想，這也還是村民發揮着那特有的野性，獃子發揮着那獃裏獃氣和獃力量罷。所可惜者，那內容和實際，却有如早經聰明慧敏的幾個日本的論者所推斷一般，竟掉下那離開文明發達的路的邪道去，陷入了畜生道了罷。　也許是苟爲忠君愛國之民，即不該掛諸齒頰的事。此中的消息，在我這樣迂遠的村夫子，是什麽也不懂的。

我不知道政治。然而在那國度裏，於音樂生了格令加（M. I. Glinka）路賓斯坦因（Rubinstein）兄弟，卞伊珂夫斯奇（P. I. Tchaikovsky）似的天才，于文學出了都介涅夫（I. Turgeniev）戈理基（Maxin Gorky）阿爾志跋綏夫（M. Artzibashev）等，一時風動了全世界的藝術界者，其原因，　我自信有一層可以十足地斷言，就是在這村民的獃氣力。

十一　村紳的日本呀

都人和村民，這樣一想，現今的日本人原也還與後者爲近。近是近的，但並非純粹的村民。要之，承了德川文明之後，而五十年間又受着西洋文明的皮相的感化，而且在近時，託世界大戰的福，國富也增加一點了。說起來，就是村民的略略開通一點的，也可以叫作村落紳士似的氣味的東西。就像鄉下人進了都會，出手來買空賣空或者屯股票，賺了五萬十萬的錢，得意之至模樣。既無都人的高雅，也沒有純村民的熱性和獃氣力。中心依然是霉氣土氣的村民，而口吻和服裝却只想學先進國的樣。朝朝夜夜，演着時代錯誤的喜劇，而本人却得意洋洋，那樣子多麼慘不忍見呵。唉唉，村紳的日本呀，在白皺紗之流的兵兒帶上拖着的金索子，在泥土氣還未褪盡的指節凸出的手指上發閃的彫着名印的金戒指，這些東西，是極其雄辯地講着你現在的生活的。

唉唉，村紳的日本呀，村紳的特色，是在凡事都中途半道敷衍完，用竹來接木。像獃子而不獃，似伶俐而也不伶俐，正漂亮時而胡塗着。那生活，宛如穿洋服而著屐子者，就是村紳。

唉唉，村紳的日本呀，向你談些新思想和新藝術，我以為還太早了。假使一談，單在嘴上，則如克魯巴金（P. Kropotkin）呀，羅素（B. Russell）呀，馬克斯（K. Marx）呀等類西洋人的姓氏，也會記得的罷；內行似口氣，也會小聰明地賣弄的罷。但在肚子裏，無論何時，你總禮拜着偶像。你的心，無論怎樣，總離不開因襲。你並不想將Taboo忘掉罷。懷中的深處還暗藏着生徽的祖傳的淀屋橋的煙袋，即使在大衆面前吸了埃及的金口烟捲給人看，會有誰喫驚麼？

唉唉，村紳的日本呀，說是你不懂思想和宗教和藝術，因而憤慨者，也許倒是自己錯。想起來，做些下流的政治運動，弄到一個議員，也就是過分的光榮了。然而像你那樣，便是政治，眞的政治豈不是也不行麼？惘然算了世界五大強國之一，顯出確是村紳似的榮耀來，雖然好，但碰着或種問題，却突然塌臺，受了和未開國一樣看待了。這不是你將還不能在世界的文化生活裏入夥的事，儼然招供了麼？巧妙地滿口忠君愛國的人們，却不以這爲國恥，是莫名其妙的事。

我就忠告你罷。並不說死掉了再投胎，但是決了心，回到村民的往昔去。而且將小恰悧地彷徨徘徊的事一切中止，根本底地，徹底底地，本質的地，再將自己從新反省過，再將事物從新思索過纔是。而且倘不將想好的事，出了村民似的獃子的獃氣力，努力來實現於自己的生活上，是不中用的。股票，買空賣空，金戒指，都摔掉罷！

唉唉，村紳的日本呀，你如果連這些事也不能，那麼再來教你罷：回到孩子的往昔去。自己秉了謙虛之心，想想八十的初學，而去從師去。學些眞學問，請他指點出英法的先輩們所走的道路來。不要再弄雜誌學問的半生不熟學問了，熱心地眞實地去用功罷。而且，什麼外來思想是這般的那般的，在並不懂得之前，就擺出內行模樣的調嘴學舌，也還是斷然停止了好。

唉唉，村紳的日本呀，倘不然，你就無可救。你的生活改造是沒有把握的。前途已經看得見了。

寫着之間，不提防滑了筆，成了非常的氣勢了。重讀一遍，連自己也禁不住苦笑，但這樣的筆法，在意以爲 essay 這一種文學是四角八面的論文，意以爲村學究者，乃是從早到夜，總掄着三段論法的脚色的諸公，眞也不容易看下去罷。我還有要換了調子，寫添的事在這里。

十二　生命力

日本人比起西洋人來，影子總是淡。這就因爲生命之火的熱度不足的緣故。恰有賤價的木炭和上等的石炭那樣的不同。做的事，成的事，一切都不徹底，微溫，掛在中間者，就是爲此。無論什麽事，也有一點扼要的，但沒有深，沒有力，既無耐久力，也沒有持久性。可以說「其淡如水」罷。

可以用到五年十年的鐵打的叉子（fork）不使用，却用每日三回，都換新的算做不錯的杉箸者，是日本流。代手帕的是紙，代玻璃門的是紙隔扇之類；一切東西都沒有耐久性。日本品的粗製濫造，也並不一定單是商業道德的問題，怕是邦人的這特性之所致的罷。

在西洋看見日本人，就使人索然興盡，也並非單指皮膚的白色和黃色之差。正如一個德國人評爲 Schmutzig gelb（汚穢的黃色）那樣，全然顯着土色，而血色很淡，所以不堪。身矮脚短，就像耗子似的，但那舉止動作旣沒有魄力，也沒有重量。男子尙且如此，所以一提起日本婦人，就眞是慘不忍覩，完全像是人影子或者傀儡在走路。而且，男的和女的，在日本人，也都沒有西洋人所有的那種活潑豐饒的表情之美；辨不出是死了還是活着，就如見了蜜蠟做的假面具一般。這固然因爲從古以來，受了所謂武士道之類的所謂「喜怒哀樂不形於色」這些抑制底消極底的無聊的訓練之故罷，但潑剌的生氣在內部燃燒的不足，也就證明着。

歐洲的戰爭，那麼樣費了人命和財帑，一面將那面打倒，擊翻，直戰到英語的所謂 to the knock-out（給站不起）這地步了。誠然有着毒辣的徹底性。一看戰後法蘭西對德國的態度，此感即尤其分明。然而，日俄戰爭的日本，則雖然趕先開火，畢畢剝剝地鬧了起來，到後來，兩三年就完了。戰爭是中途半道。懸軍長驅，直薄敵人的牙城麼，就在連敵人的大門口還沒有到的奉天這些地方收梢。也並非單因爲國力的不支而已，是小聰明地目前漂亮，看到差不多的地方就收場，回轉。像那世界戰爭似的獃樣，無論如何，總是學不到的是日本人。因爲是將敵人半生半殺着就放下的態度，所以俄羅斯倘沒有成爲現在這樣狀態，也許就在今日，正重演着第二回的日俄戰爭了。

戰爭那樣的野蠻行爲，可以置之不論，但我們在精神生活社會生活上，一碰到什麼問題的時候，也還是將這半生半殺着就算完。打進那徹底底的解決去的，必須的生命力，是在根本上就欠缺的。

日本人總想到處肩了歷史擺架子，然而在日本，不是向來就沒有眞的宗敎麼？不是也沒有眞的哲學麼？其似乎宗敎，似乎哲學的東西，都不過是從支那人和印度人得來的佛敎和儒敎的外來思想。其實，是借貨，是改本。要發出徹底底地解決的努力來，則相當的生命力和獃氣力都不够，只好小伶悧地小能幹地半生半殺了就算完，在這樣的國民裏，怎麼能產生那震動世界的大思想，哲學，宗教呵！又怎麼會有給與人類永遠的幸福的大發明，大發見呵！

今也，正當世界的改造期了，日本人也還要反覆這半生半殺主義麼？也還不肯切實，誠懇，而就用妥協和敷衍來了事麼？

十三　思想生活

傷寒病菌侵入人體，於是其人的肉體的生活力，即與這魔障物相接觸而戰爭。因戰爭，遂發熱。所以生活力愈强的人，這熱也愈高，那結果，却是體質强健者倒容易喪命。的確與否不得而知，但我却曾經聽到過這樣的話，並且以爲很有趣。

生命力旺盛的人，過着或一「問題」。問題者，就是橫在生命的躍進的路上的魔障。生命力和這魔障相衝突，因而發生的熱就是「思想」。生命力强盛的人，爲了這思想而受磔刑，被火刑，捨了性命的例子就很不少。而這思想却又使火花迸散，或者好花怒開，於是文學即被產生，藝術即被長育了。

在生命力的貧弱者，所以，就沒有深的思想生活。思想不深的處所，怎麼會產出大的文學和大的藝術來呢？僅盛着一二分深的泥土的花盆裏，不是不會有開出又大又美的花的道理的麼？

去年暮秋的或一晚，看過岡崎公園的帝國美術展覽會的歸途中，來訪我的書齋的一個友人說：「一想到現今的日本所產生的最高的藝術，不過是那樣的東西，就使人要喪氣。」

我回答說：「即使怎樣喪氣，花盆裏缺少泥土，沒有法子的。而且，想大加培植的人，不是一個也沒有麼？假使有之，但不與這樣的獃子來周旋，不正是現在的日本人的生活麼？單是浮面上的聰明人特別多……。」

只要馴良地做着數學和哲學的教員就完事了，却偏要將本分以外的事，去思索，去饒舌，以致在戰時關到監牢裏去的羅素，從聰明人的眼睛看起來，也許不見得是很聰明的脚色罷。然而他那近著社會改造的根本義（Principles of Social Reconstruction），却如日本也已流傳着那樣，確是很有意味的書。羅素所用的是非常簡單的論法，將人間所做的一切，都以衝動來說明。誠不愧爲英吉利的思想家，那不說迂曲模胡的話這一點，是極痛快的。

「我們的活動的若干，是趨向於創作未有的事物，其餘的則趨向於獲得或保持已有的事物。創作衝動的代表，是藝術家的衝動；佔有衝動的代表，是財產的衝動。所以，創作衝動做着最緊要的任務，而佔有衝動成爲最小了的生活，就是最上的生活。」（羅素社會改造的根本義二三四頁。）

用了羅素的口吻說，則日本人等輩，衝動性是萎縮着的。而其微弱的衝動性，又獨向財產的佔有衝動那一面，動作得最多；至於代表創作衝動的藝術活動等，却脈搏已經減少了。使羅素說起來，這是最壞的生活，這就是村紳之所以爲村紳的原因。

不獨是文學和藝術，現在世界的大勢，是政治和外交也已經進步，不像先前似的，單是手段和眼力了。勞動問題已非工場法之類所能解決，國際聯盟也難於僅以外交公文的往復完事了。因爲文化生活的一切活動，都以思想生活這東西做着基礎的緣故。責備日俄戰爭前後的日本的外交，以爲拙劣者，只有那時的日本的新聞，我們却屢次看見外國的批評家稱讚着以前的日本外交的巧妙。是的，巧妙者，因爲不過是手段，敏捷者，因爲不過是眼力的緣故。因爲照例的小聰明人的小手藝，很奏了一點功效的緣故。看見了這回講和會議的失敗，也有人評論，以爲是日本人不善於宣傳運動之所致的。但並無思想者，又宣傳些甚麼呢？即使要宣傳，豈不是也並無可以宣傳的思想麼？沒有可說的肚子和頭的東西，即使單將嘴巴一開一閉地給人看，不是也無聊得很麼？

將在公衆之前弄廣長舌這些事，當作惡德者，是日本的習慣。倘要在小房子裏敷衍，那是很有些有着大本領的。所謂在集會上議決，單是表面的話，其實不過是幾個陰謀家在密室中配好了的菜單。好在是幾百年來相信着「口爲禍之門」而生活下來的日本人。是在專制政治之下，奪去了言論的自由，而幾世紀間，毫不以此爲苦痛的不可思議的人種。那結果，第一，日本語這東西就先不發達，不適於作爲公開演說的言語了。在這一點上，最發達的是世界上最重民權自由的盎格魯索遜人種的國語。意在養成 gentleman 的古風的堪勃烈其和惡斯佛大學等，當作最緊要的訓練的是討論。在日本，將發表思想的演說和文章，當作主要課目的學校，在過去，在現在，可曾有一個呢？便是在今日，不是還至於說，倘在演說會上太饒舌了，教師的尊意就要不以爲然麼？無論什麼東西，在不必要的地方就不發達。日本語之不適於演說，日本之少有雄辯家者，就因爲沒有這必要的緣故。和英語之類一比較，這一點，我想，實在是可以慚愧的。（別項英語講演英語之研究參照。）

日本語這東西，即此一點，就須改造了。向着用這日本語的日本人，催他到巴黎的中央這類地方，以外國語作宣傳運動去，那也許是催他去的倒反無理罷。

思想是和金錢相反的，愈是用出去，內容就愈豐饒；如果不發表，源泉便涸竭了。單從這一點看起來，日本人的思想生活豈不是也就非貧弱不可麼？

日本人不以眞的意義讀書，也是思想生活貧弱的一個原因罷。倘以爲讀書是因爲要成博學家之類；那是無藥可醫。爲什麼不去多讀些文學書那樣的無用之書的？

十四　改造與國民性

爲了「但願平安」主義的德川氏三百年的政策之故，日本人成爲去骨泥鰌了。小聰明人愈加小聰明，而不許獃子存在的國度，於是成就了。單是擅長於筆端的技巧者，即在藝術界稱雄，連一篇演說尚且不甚高明者，即在政黨中拜帥的不可思議的立憲國，於是成就了。

我說：這是因爲德川政策的緣故。爲什麼呢？因爲一查戰國時代的事，日本人原是直截爽快得多的；原是更徹底底地，並不敷衍的。

但是，概括地說起來，則無論怎麼說，日本人的內生活的熱總不足。這也許並非一朝一夕之故罷。以和歌俳句為中心，以簡單的故事為主要作品的日本文學，不就是這事的明證麼？我嘗讀東京大學的芳賀教授之所說，以樂天灑脫，淡泊蕭灑，纖麗巧緻等，為我國的國民性，輒以為誠然。（芳賀教授著國民性十論一一七至一八二頁參照。）過去和現在的日本人，確有這樣的特性。從這樣的日本人裏面，即使現在怎麼嚷，是不會忽然生出託爾斯泰和尼采和伊孛生來的。而况沙士比亞和但丁和彌耳敦，那里會有呢。

世間也有些論客，以為這是國民性，所以沒有法。如果像一種宿命論者似的，簡直說是沒有法了，這纔是沒有法呵。絕對難於移動的不變的國民性，究竟有沒有這樣的東西，姑且作為別一問題，而對於國民性竭力加以大改造，則正是生活於新時代的人們的任務。喊着改造改造，而只嚷些社會問題呀，婦女問題呀，什麼問題呀之類，豈不是本末倒置麼？沒有將國民性這東西改造，我們的生活改造能成功的麼？

我說：再多讀些。我說：再多喫些，再多說些。我說：再多喫些可口的好東西。我說：並且成了更獃更獃的獃子，深深地思索去。這些事情，先該是生活改造的第一步。根本不培植，會生出什麼來呢！

現在還鋪排些這樣陳腐平凡的話，我很覺得羞慚，也以爲遺憾。我決不是得意地寫出來的。

追憶起來，千八百六十年之春，約翰洛斯庚（John Ruskin）擱了他那不朽的大著近代畫家論（Modern Painters）之筆了。從千八百四十三年第一卷的屬稿起，至此十七年，第五卷遂成就。在這十七年中，又作了建築的七燈（Seven Lamps of Architecture）；又作了威尼斯之石（Stones of Venice）；又作了拉斐羅前派（Pre-Raphaelitism），大爲當時的新藝術吐氣。此外公表的議論和講演還很多。他的不斷的努力終於獲報，那時藝術批評家洛斯庚的名聲，就見重於英國文壇了。這是洛斯庚四十歲的時候。

他突然轉了眼光。他暫時離開「藝術之宮」，出了「象牙之塔」，談起社會問題和經濟問題來了，開手就將 essay 四篇載在康錫耳雜誌(Cornhill Magazine)上，這就是寄後至者(Unto this Last)的名著。近時，我的友人石田憲次君已經將這忠實地譯出，和他一手所譯的嘉勒爾的過去和現在(Past and Present)，一同行世了。

洛斯庚在這四篇文字中，和當時的風潮反抗，解說「富」是怎樣的東西。幷說靈的生活，以示富與人生的關係。洛斯庚是想到了藝術的民衆化，社會化，又覺得當社會昏蒙醜惡時候，僅談藝術之無謂，所以寫這四篇的。但世間都不理。俗衆且報之以嘲罵，書店遂謝絕他續稿的印行。這和他此後爲勞動問題而作的各種書，洛斯庚還至於不能不從當時的俗衆們受了「危險的革新論者」(dangerous innovator)這一個不甚好聽的徽號。

然而洛斯庚的經濟說，却有千古的卓見，含着永久的眞理的。但使對於經濟問題毫沒有什麼素養和心得的我來說，我却勸讀者不如去看英國的以現代經濟學者稱一方之雄的荷勃生（J. A. Hobson）的研究社會改良家洛斯庚（Jhon Ruskin, Social Reformer）去。這正月，我也四十歲了。就是近世英國最大思想家之一的洛斯庚做了寄後至者的那四十歲。但因爲生來的鈍根和懶惰，在我，竟一件像樣的事也沒有做。既不能寫洛斯庚似的出色的文章，也沒有以那麼偉大的頭腦來觀照自然和人生的力量，仍然不過是一個村夫子而已。幸而還有自知之明，所以仍準備永遠鑽在所謂「文藝研究」這小天地裏。準備固然是準備的，然而一看現在的日本的社會，也還是時時要生氣，心裏想：如果這模樣，須到什麼時候，纔生出大的文學和藝術來呢？無端憤慨，以爲根本不加改善，則終究歸於無成者，也就爲了這緣故。像我輩似的，即使怎樣跳出「象牙之塔」來，伎倆也不過如此，那是自已萬分了然的，但是看了那些將思想當作危險品，以演劇爲乞兒的游戲，脫不出頑冥保守的舊思想的人們，却實在從心底裏氣忿。所以雖然明知道比起洛斯庚之流所做的事來，及不到百分之一，千分之一，不，並且還及不到萬分之一，也要從「象牙之塔」裏暫時一伸頸子，來寫這樣的東西了。

十五　詩三篇

我不想講什麼道理，還是談詩罷。

詩三篇，都是勃朗寧的作品。作爲根柢的中心思想是同一的，這詩聖的剛健而勇猛，而又極其壯快的人生觀，就在其中顯現着。

左青春和藝術（Youth and Art）裏所說的，是女的音樂家和男的彫塑家兩個，當青年時，私心竊相愛戀，而兩皆猶豫逡巡，終于沒有披瀝各人的相思之情的末路的慘狀。說的是女人，是追憶年青的往日，對於男的抱怨之言。

還在修業的少年彫塑家，正當獨自製作着的時候，却從隔路的對面的家裏，傳出女的歌唱和鋼琴聲來。那女子的模樣，是隔窗依稀可見的，但沒有會過面。這事不知怎樣，很打動了這寂寞的青年的心了。女的那一面，也以爲如果擲進花朶來，即可以用眼光相報。 春天雖到，而兩人的心都寂寞。女的是前年秋季到倫敦來修業，豫備在樂壇取得盛大的榮名的。

藏着纏綿之情，兩人都躊躕着，而時光却逝去了。男的又到意大利研究美術去，後來大有聲名，列爲王立美術院之一員，且至於荷了授爵的榮耀。

女的後來也成了不凡的音樂家，有名於交際界，其間有一個侯爵很相愛，不管女的正在躊躕着，强制地結了婚了。

這候爵夫人和聲名蓋世的彫刻家，在交際場中會見了。這時候，女的羞得像一個處女。

世間都激賞這兩人的藝術好。然而兩人的生活是不充實的，即使歎息，也並不深，即使歡笑，心底裏也並不笑。他們的生活是補釘，是斷片。

Each life's unfulfilled, you see;

It hangs still, patchy and scrappy.

——*Youth and Art.* XVI.

他們兩個的藝術裏面，所以，缺少力量；總有着什麼不足的東西。這就因爲應該決行的事情，沒有決行的緣故；奮然直前，鬼神也避易的，而他們竟沒有直前的緣故。到了現在，青春的機會可已經不知道消失在那里了。

勃郎寧還有剌取羅馬古詩人的句子，題曰神未必這樣想(Dis Aliter Visum)的一篇詩，也有一樣的意思。這是憤怒的女子，譴責先前的戀人的話。正如今夜一樣，十年以前，他們倆在水濱會見了。女的還年青，男的却大得多，因此也多有了所謂「思慮」「較量」這些贅物。男的也曾經想求婚，但還因爲想着種種事，躊躇着。例如這女子還不識世故呀，年紀差得遠，將來也有可慮呀之類，懷了無謂的杞憂，男的一面，竟沒有決行結婚的勇氣。 事情就此完結了。待到十年後的今日，男的還是單身，但和 ballet(舞曲)的女伶結識着；女的却以並無愛情的結婚，做了人妻了。豈但因爲男的一面有了思慮較量這些東西，這兩人的生活永被破壞了呢，其實是現在相牽連的四人的靈魂，也統統爲此淪滅。在男人，固然自以爲思慮較量着罷，但詩聖却用題目示意道：「神未必這樣想。」

凡有讀這兩篇詩的人們，該可以即刻想起作者勃朗寗這人的傳記的一種異采罷。

詩人勃朗寗是通達的人，是信念的人；有着儘够將自己的生活，堂皇地眞實地來藝術化的力量，總不使「爲人的生活」和「爲藝術家的生活」分成兩樣的。這就因爲在他一生的傳記中，並沒有所謂「自己分裂」那樣的慘澹的陰影的緣故。當初，和女詩人伊利沙伯巴列德相愛戀，而伊利沙伯的父親不許他們結婚。於是兩人就隨便行了結婚式，從法蘭西向意大利走失了。雖說這病弱的女詩人比丈夫短命，但勃朗寗夫妻在意大利的十六年間的結婚生活，却眞是無上之樂的幸福者。和遭着三次喪妻的不幸的彌耳敦相對照，其爲幸福者，是至於傳爲古今文藝史上的佳話的。試一翻夫妻兩詩人的詩集，又去看彙集著兩人的情書的兩卷書翰集，則無論是誰，都能覺到這結婚生活的幸福，是根本於勃朗寧的雄健的人生觀的罷。在懷着不上不下的杞憂，斤斤於思慮較量的聰明人，那「走失」，也就是萬萬做不出來的技藝。

較之上文所舉的兩篇更痛快，更大膽，可以窺見勇决的勃朗寧對於人生的態度者，是那一篇立像和胸像（The Statue and the Bust）。每當論勃朗寧之爲宗敎詩人，爲思想家的時候，道學先生派的批評家往往苦於解釋者，就是這一篇。

事情要回到三百多年的往昔去。意大利弗羅連斯的望族力凱爾提（Riccardi）家迎娶新婦了。

在高樓的東窗，侍女們護衛着，俯瞰着街上廣場的是新婦。忽然間，瞥見了緩緩地加策前行的白馬銀鞍的貴公子了。

「那品格高華的馬上人是誰呢？」新婦赧着顏這樣問。侍女低聲回答說，「是飛

Elizabeth Barrett Browning

From a drawing in chalk by Field Talfourd *in the National Portrait Gallery.*

迪南特（Ferdinand）大公呵。」

過路的大公也詫異地向窗仰視，探問她是什麼人，從者答道，「那是新近結婚的力凱爾提家的新婦。」

當大公用戀人的眼，仰看樓窗的時候，宛如初醒的人似的，新婦的眼也發了光，——她的「過去」是沈睡。她的「生」，從這時候纔開始。從因愛生輝的四目相交的這刹那起，她這纔蘇甦了。

是夕，大張新婚的饗宴，大公也在塲。大公看見華美的新夫婦近來了。這瞬間，大公和新婦覿面了。依那時的宮庭的禮儀，大公遂賜臣僚力凱爾提家的新婦以接吻。

這眞不過是一瞬間。在這瞬息中，兩人該不能乘隙交談的，但在垂頭佇立的新郎，却彷彿聽到一句什麼言語了。

是夜，新郎新婦在臥室的燈影下相對的時候，男的便宣言：到死爲止，不得走出宅外一步去；只准從東窗下瞰人世，像那寺中的編年記者似的。

「遵命，」口頭是回答了，但新婦的心中，却有別的回答在：和這惡魔，再來共這夜麽？在晚禱的鐘聲未作之前，脫離此間罷，扮作小百姓模樣，逃走是很容易的。——但是，明日却不可。（這樣想着的時侯，她的眼光凝滯了。）父親也在這里，爲了父親，再停一日罷。單是只一日。大公的經過，明天也一定可以看見的罷。

在牀上這樣想，她翻一個身，便睡去了。誰都如此，事情決定，說是明天，便睡去，這新婦也如此的。

這一夜，大公那一面也在想：縱使這幸福的盃，在精神和肉體上怎樣地價貴，或怎樣地價廉，也還是一飲而盡罷。明日，便召了趨殿的新郎，請新婦到沛忒拉雅（Petraya）的別邸中，去度新婚的佳日。但新郎却冠冕地辭謝了。他說，在己固然是分外的光榮，但對於南方生長的妻，北的山風足以傷體，醫生是禁其出外的。

大公也不强邀，就此中止了，但暗想，那麼，今夜就決行非常手段，誘出新婦來罷。然而且住，今夜姑且罷休。須迎從法蘭西來的使節去，不能做。無法可想，暫停一日罷。而且單以經過那里，仰窺窗裏的容顏，來消停這一日罷。

的確，那一天經過廣場的時候，因愛生輝的大公的眼波，——眞心給以接吻的口唇，窗裏的女人一一看見了。

說是明日，又說是明日，這樣躊躕起來，一日成爲一週，一週成爲一月，一月又延爲一年。在猶豫逡巡中，時光逝去了。愛的熱會冷却罷，老境會臨頭罷。說着且住且住，以送敷衍的月日，而迎新年。生活的新境界，總不能開拓。幽囚之身，則從東窗的欄影裏下窺戀人，經過廣場的大公，則照例仰眺窗中的女子，每日每日，都說着明日明日地虛度過去。用了不徹底的敷衍和妥協，來裝飾對于世間的體面的幾何年，就這樣地過去了。

她有一天，在自已的頭髮中發見了幾絲的白髮。她知道「青春」的逝去了。兩頰瘦損，額上已有皺紋。以前默然對鏡的她，便急召樂比亞（Robbia）的陶工，命造自已的胸像，并敎將這胸像放在俯瞰那恰恰經過廣場的戀人的位置上，聊存年青時候的餘韻的姿容。

大公也歎息道，「青春呀——我的夢消去了！要留下他的銘記罷？」於是召喚婆羅革那（Bologna）的名工，使仿照自已的騎馬丰姿，造一個黃銅的立像，放在常常經過的廣場中。

這兩人的「立像和胸像」留在地上，但兩人在地下，現在正靜候着神的最後的審判罷。今日說着明日，送了「想要努力的懶惰」的每日每日，終於不能決行那人生一大事的他們倆，神大概未必嘉許罷。詩人勃朗寧說。

詩人說，「也許有人這麼說着來責備罷。因爲遲延了，所以正好，一做，不就犯了罪惡麽？」這虔敬的宗敎詩人，是決不來奬勸和有夫之婦的背義之愛的。只是，人生者，乃是試練。這試練，正如可以用善來施行一般，也可以用惡。決勝負者，無須定是賭錢。籌馬也不妨，只要切實地誠懇地做，就是眞勝負。即使目的是罪惡罷，但度着虛飾敷衍的生活的事，就誤了人生的第一義了。衝動的生命，躍進的生命，除此以外，在人生還有什麽意義呢？

立像和胸像的作者既述了這意思，在最末，更以古詩人荷拉調斯（Horatius）詩集裏的名句結之。曰，「不是別人的事呵！」(De te, fabula!)

西洋的書籍裏常常看見的這有名的警世的句子，也在馬克斯的資本論（Karl Marx: Das Kapital）中，因日本的翻譯者而被誤譯了。

十六　尙早論

勃朗寧並非教人以道德上的 anarchism（無治主義）或是什麼。在人生，是還有比平常的形式道德和用了法律家的道理所做的法則更大，更深，而且更高的道德和法則的。在還未達到這樣的第一義底生活以前，我們也還是辦事員，是賢母良妻，是學問研究職工，是投機者，是道學先生。而且，並不是「人」。在想要抓住這眞的「人」的地方，就有着文藝的意義，有着藝術家的使命。

阿呀，又將筆滑到文藝那邊去了。這樣的事，現在是並不想寫的。

勃朗寧說，惡也不打緊，想做，便做去。在兩可之間，用了思慮和較量，猶豫逡巡，送着敷衍的微溫的每日每日，倒是比什麼都更大的罪惡。然而世上有一種尙早論者。在日本，尤其是特多的特產物。說道，普通選舉是好的，但還早。說道，工人聯合也贊成的，但在現今的日本的勞動者，還早。說道，女子參政也不壞，但在現今的日本的婦人，還太早。每逢一個問題發生，這尙早論者的聰明人，便出來阻撓。說道凡事都不要着急。且住且住地挽留。天下也許有些太平罷，但以這麼畏葸的妥協和姑息的態度，生活改造聽了不要目瞪口呆麼？

勃朗寧說的是惡也不妨，去做去。古來的諺語也教人「善則趕先」。然而尙早論者，却道善也不必急。明日，後日，明年，十年之後，這麼說着，要踏進終于在明鏡中看見幾絲銀髮的力凱爾提家的夫人的轍裏去。倘若單是自己踏進去，那自然是請便，但還要拉着別人去，這眞教人忍不住了。

游泳，原是好的，但在年紀未到的人是危險的，滿口還早還早，始終在地板上練浮水，怕未必會有能够游泳的日子罷。爲什麼不跳到水裏去，給淹一淹的？在並無淹過的經驗的人，能會浮水的麼？在淺水中拍浮着，用了但願平安主義，却道就要浮水，那是糊塗的聰明人的辦法。只因爲關於游泳的事，我的父母是尙早論者，因此直到頂髮已禿的現今，我不知道浮水。後來又割去了一條腿，所以這個我，是將以永遠不識游泳的興味完結的了。

不淹，即不會游泳。不試去衝撞牆壁，即不會發見出路。在暗中靜思默坐，也許是安全第一罷，但這樣子，豈不是即使經過多少年，也不能走出光明的世界去的麼？不是徹底地誤了的人，也不能徹底地悟。便是在日本，向來稱爲高僧大德的這些人們之中，就有非常的游蕩者。豈不是惟在勤修中且至於有了私生兒的聖奧古斯丁——，這纔能有那樣的宗教底經驗麼？

莽撞地，說道碰碎罷了者；是村夫式獃子式，乃是日本人多數之所不欲為的。無論何時，無論何地，在這國度裏，倘早論占着多數者，就是那結果。

在內燃燒的生命之火的熱是微弱的，影是淡薄的，創作衝動的力是缺乏的日本人，無論要動作，要前進，所需的生命力都不够。用了微溫，姑息，平板，來敷衍每日每日的手段，確也可以顯出辦事家風的思慮較量罷。這樣子，天下也許是頗為泰平無事的；但是，那使人聽得要飽了的叫喊改造的聲音，是空虛的音響麼，還是模學別國人的口吻呢？

俗語說，窮則通。在動作和前進，生命力都不够者，固然不會走到窮的地步去，但因此也不會通。是用因襲和姑息來固結住，走着安全第一的路的，所以教人不可耐。

偶而有一個要動作前進的出來，大家就撲上去，什麼危險思想家呀，外來思想的宣傳者呀，加上各樣的壞話，想將他打倒。雖然不過是蹌蹌踉踉搖搖蕩蕩之輩，但多數就是大勢，所以很難當。倘沒有很韌性的猷子出來，要支持不下去了。好個有趣的國度！

有人說些伶悧話，以爲政府是官僚式的。在日本，民衆這東西，不已經就是官僚式的麼？其實，在現今的文明國中，像日本的 bourgeois（中產階級）似的官僚式的 bourgeois，別地方不見其比：這是我不憚於斷定的。

生命之泉已經乾涸者，早老是當然的事，但日本似的惟老頭子獨爲闊氣的國度，也未必會再有。在敎育界等處，二十歲的老頭子决不希罕，也是實情。一進公司，做了資本家的走狗，則纔出學校未久的脚色，已經成爲老練，老猾，老巧了：能不使人驚絕。正如樹木從枝梢枯起一樣，日本人也從頭上老下去。假使勃朗寧似的，到七十七歲了，而在至上善（Summum Bonum）這一篇歌中，還讚美少女的接吻，或如新近死去了的法蘭西的盧諾亞爾（A. Renoir）似的，成了龍鍾的老翁，還畫那麼清新鮮活的畫，倘在日本，不知道要被人說些甚麼話呢。我每聽到「到了那麼年紀了……」這一句日本人的常套語，便往往要想起這樣的七十歲八十歲的青年之可以寶貴來。說道「還年青還年青」，在「年青」這話裏，甚至於還含有極其侮蔑的意思者，是日本人。這也是國粹之一麼？

觀照享樂的生活

一　社會新聞

日常，給新聞紙的社會欄添些熱鬧的那些砍了削了的慘話不消說了；從自命聰明的人們冷冷地嘲笑一句「又是痴情的結果麽」的那男女關係起，以至詐欺偸盜的小案件爲止，許多人們，都當作極無聊的消閑東西看。但倘若我們從事情的表面，更深地踏進一步去，將這些當做人間生活上有意義的現象，看作思索觀照的對境，那就會覺得，其中很有着足够使人戰慄，使人驚歎，使人憤激的許多問題的暗示罷。假使借了梭孚克理斯（Sophokles），沙士比亞，瞿提，伊孛生所用的那絕大的表現力，則這些市井細故的一件一件，便無不成爲藝術上的大著作，而在自然和人生之前，掛起很大的明鏡來。比聽那些陳腐的民本主義論更在以上，更多，而且更深地將我們啟發，使我們反省的東西，正在這社會新聞中，更可以常常看見。在這里動彈着的，不是枯淡的學理，也不是道德說，並且也不是法律的解釋，而即是活的，一觸就會沁出血來的那樣的「人間」。「現代」和「社會」，都赤條條地暴露着。便是動輒要將人們的自由意志和道德性，也加以壓迫和蹂躪的「運命」的可怕的形狀，不也就在那里樣樣地出現，嚇着我們麼？

然而也有和普通的社會新聞不同，略爲有力，而且使世人用了較爲正經的態度來注目的事件。例如某女伶的自殺呀，一個文人捨了妻子，和別的女人同住了的事呀，貴族的女兒和汽車夫 elope（逃亡）了的事呀，一到這些事，有時竟也會發生較爲正經的批評，比起當作尋常茶飯事而以雲烟過眼視之的一般的社會新聞來，就稍稍異趣。然而這究竟也無非因爲問題中的人物，平素在社會的關係上，立於易受世間注意的地位之故罷了。世人對於牠的態度，仍然很輕浮；因此凡所謂批評，也仍然就是從照例的因襲道德呀，利害問題呀，法律上的小道理呀之類所分出來的，內容非常空疏貧弱的東西。

先前，以爲凡是悲劇的主要脚色，倘非王侯將相那樣的從表面上的意義看來，是平常以上的人物，或則英雄美人那樣，由個人而言，有着拔羣的力量的人物，是不配做的。然而自從在近代，伊孛生一掃了這種謬見以來，無論是小店的主婦，是侯門的小姐，就都當作一樣地營那內部生活的一個的「人」用。從價値顚倒以及平等觀的大而且新的觀察法說起來，該撒（Julius Caesar）的末路和騙子的失敗，在根本義上正不妨當作「無差別」看。依着那人的地位和名聲，批評的態度便兩樣，這不消說，即此一節已就自己證明批評者的不誠懇了。

在這里引用起來，雖然對於故人未免有失禮之嫌罷——但當明治大正以來常是雄視文壇的某氏辭了學校的講壇，離了妻子，和某女伶一同投身劇界的時候，世人對於這事的批評態度是怎樣，在我們的記憶上是到現在還很分明的。我和他僅在他的生前見過一回面，對於個人的他知道得很不多。但曾經聽到過，他和所謂名士風流者不同，是持身極爲謹嚴的君子。而且在識見上，在學殖上，在文章上，都確是現在難得的才人，則因了他的述作，天下萬衆都所識得的。況且以他那樣明敏的理智，假使也如世間的庸流所做的一樣，但憑了利害得失的打算而動，那就決不至於有那樣的舉動的罷；未必敢于特地蹂躪了形式道德，來招愚衆的反感了罷。然而行年四十，走窮了人生的行路的他，重疊了痛烈的苦悶和懊惱之後，終於向着自己要去的處所而獨往邁進了。　決了心，向着自我建設和生活改造直闖進去的眞摯的努力，却當作和閒人爲妓女所引的事情一樣看待者，不是在自命聰明的人們裏就不少麼？對於那時的他的內生活的波瀾和動搖，有着同情和理解的批評，我不幸雖在稱爲世間的識者那樣的人們裏，也沒有多聽到。

凡在這樣的時候，人何以不能用了活人看活人的眼睛來看的呢？難道竟不能不要搬出拘執的窘促的因襲道德和冰冷而且不自然的僵硬的小道理來，而更簡潔更正直地就在自己和對象之間，發見人的生命的共感的麽？難道竟沒有覺到，倘站在善惡的彼岸，用了比現在稍高一點稍大一點的眼睛，虛心坦懷地來澈底地觀照人生的事實，也就是使自己的生活內容更加豐富的唯一的道路麽？

二　觀照云者

只要不是「動底生命」的那脈搏已經減少了的老人，則人的一言一行中，總蘊蓄着不絕地跳躍奔騰，流動而不止的生命力。倘若人類是僅被論理，利害，道德所動的東西，那麽，人生就沒有煩悶，也沒有苦惱，天下頗爲泰平了罷。然而別一面，便也如月世界或者什麽一樣，化爲沒有熱也沒有水氣的乾巴巴的單調的「死」的領土，我們雖然幸而生而爲人，也只好虛度這百無聊賴的五十年的生涯了。在愈是深味，即新味愈無盡藏的人生中，所以有意義者，就因爲無論如何，總不能悉遵道學先生和理論先生之流的尊意一樣辨的緣故。深味人生的一切姿態，要在製作中捉住這「動底生命」的核仁，那便是文藝的出發點。

人類誠然是道德底存在（moral being）也是合理底存在（rational being）。然而決不能說這就是全部的罷。當生命力奔逸的時候，有時跳出了道德的圈外，便和理智的命令也違反。　有時也許會不顧利害的關係，而踴躍於生命的奔騰中。在這里，眞的活着的人味纔出現。要捉住這人味的時候，換了話說，就是要抓着這人味而深味牠的時候，我們就早不能僅用什麼道德呀道理呀法則呀利害呀常識呀的那些部分底的窺測鏡。因爲用了這些，是看不見人生的全圓的。倘不是超脫了健全和不健全，善和惡，理和非之類的一切的估價，倘沒有就用了純眞的自己的生命力，和自己以外的萬象相對的那一點眞摯的態度，可就不成功。這就是說，須有力求理解一切，同情一切的努力。倘使被什麼所拘囚，迂執着，又怎能透澈這很深很深的人味的底蘊呢。

歷來的許多天才想看人生的全圓的時候，在那極底裏，希臘的悲劇作家看出了「運命」，沙士比亞看出了「性格」，伊孛生看出了「社會」的缺陷，前世紀的 romantist 看出了「情熱」，自然主義的作家看出了「性慾」；一面既有看出了「神」的彌耳敦，別一面又有看出了「惡魔」的裴倫；雩俄看出了「愛」，而波特來爾却讚美「惡之華」。這是因了作家的個性和時代思潮的差異，而個個的作家，就看出樣樣的東西來。而這樣的東西，就是道理不行，道德也不行的人生的本質底的事實，也就是充滿着矛盾和缺陷的人生的形相。（在這里，就有淸新强烈的生命力發現。無論在社會新聞中，在大詩篇大戲曲的底下，都一樣地有這樣的力活動着。

英吉利的瑪修亞諾德（Matthew Arnold），爲批評家，爲詩人，都是有着過人的天分的人物。但在今日看起他的著作來，古風的詩篇姑且勿論，那評論的一面，却也不覺得有怎樣地偉大。只是這人是很巧於造作文句的。自己想出各樣巧妙的文句來，自己又將這隨地反覆，利用，使其膾炙人口，這手段却可觀。其中有論詩的話，以為是「人生的批評」；還有詠希臘的梭孚克理斯的，說是「凝視人生而看見了全圓」，也是出名的句子。這些文句，現在是已經成為文界的通語了，在這裏面，讀者就會看出我在上文所說那樣的意義的罷。

有一種人，無論由社會新聞，或者由什麼別的，和人生的一切的現象相對的時候，那看法，總是單用了利害關係來做根基：名之曰市井的俗輩。還有相信那所謂法律這一種傢伙的萬能的人們也很多。公等還是先去翻一翻戈爾斯華綏（J. Galsworthy）的戲曲正義（Justice）去，那就會明白在活人上面，加了法律的那機械似的作用的時候，就要現出怎樣的慘狀來罷。若夫對於摸着白鬚，歪着皺臉，咄咄吃吃地談道的人們，則敢請想一想活道德是有流動進化的事。每逢世間有事情，一說什麼，便掏出藏在懷中的一種尺子來丈量，凡是不能恰恰相合的東西，便隨便地排斥，這樣輕佻浮薄的態度，就有首先改起的必要罷。尤其是那尺子，倘不是天保錢時代（譯者注：西歷一八三〇至四三）照樣的東西就好。

重複說：立在善惡正邪利害得失的彼岸，而味識人生的全圓，想於一切人事不失興味者，是文藝家的觀照生活。　這也便是不咎惡，不憎邪，包容一切的神的大心，聖者的愛。毫不抱什麼成心，但憑了流動無礙的生命的共感，對於人類想不失其溫暖的同情和深邃的了解，在這一點上，文藝家就是廣義的 humanist，是道學先生們所夢想不到的 moralist。離了這深的人味，大的道德，眞的文藝是不存在的。豈但文藝不存在而已，連眞的有意義有內容的生活也不能成立的。

傾了熱誠以愛人生者，就想深深地明白牠，味識牠；並那杯底裏的一滴都想喝乾，味盡。不問是可怕，可惡，可憂，醜，只要這些既然都是大的人生的事實，便不能取他顧逡巡那樣的卑怯態度。我們自然願意是賢人，是善人。但倘不毅然決然地也做傻子，也做惡魔，即難望觀照一切，而透徹牠們的眞味。儘掬儘掬，總是不盡的深的生命之泉，終於不會嘗到的罷。

阿綏羅（Othello）爲了嫉妒，殺掉其妻苔斯迭穆那（Desdemona），自己也死了，沙士比亞對於他毫不加什麼估價。叫作諾拉（Nora）的女人，跳出了丈夫海勒美爾（Helmer）的宅子了，伊孛生對於這也毫不加什麼道德底批判。不過是宣示給公衆，說道請看大的這事實罷！豈會有這樣的人，竟在用法則和道德做了擋牌，說些健全或不健全，正或邪，這樣那樣之前，不先以一個「人」和這活的人生的事實相對，而不被動心的麼？換了話說，就是：豈會有就在自己的心中鼓動着的那生命的波動上，不感到新的震動的？不就是爲那力所感，爲那力所動，因此纔能够透徹了人味的麼？正呢不正呢，理呢非呢，善呢惡呢，在照了理智和法則，來思量這些之前，早就開了自己的心胸，將那現象收納進去。譬如一家都生了流行感冒，終於父母都死了，兩個孤兒在病牀上啼哭，見了這事，是誰也不能下正邪善惡的批判的。和這正一樣，單當作可怕的人生的事實，感到一切的態度，不就是有人情的人的像人的態度麼？我相信，在絕不用估價這一點上，科學者的研究底態度和文藝家的觀照，是可以達到沒有大差的境地的。

春天花開，秋有紅葉。這是善還是惡，乃是別問題；能發財不能，也在所不問的。單是因了賞味那花，看那紅葉而感得這個，其間就有爲人的藝術生活在。一受功利思想的煩擾，或心爲善惡的批判所奪的時候，眞的文藝就絕滅了。文學是不能用於勸善懲惡和貯金奬勵的。因爲這畢究是人生的表現的緣故。因爲這是將活的事實，就照活的那樣描寫，以我和別人都能打動的那生命力爲其根柢的緣故。

三　享樂主義

在人類可以營爲的藝術生活上，有兩面。第一，是對着自然人生一切的現象，先想用了眞摯的態度，來理解牠。我上文說過的那觀照（或是思索），就是給這樣的努力所取的名目。但是如果更進一步說，則第二，也就成爲將已經理解了東西更加味識，而且鑒賞牠的態度。使自己的官能銳利，感性靈敏，生命力豐饒，將一切都收納到自已的生活內容裏去　溶和在稱爲「我」者之中，使這些成爲血肉的態度，這姑且稱爲享樂主義罷。

當使用享樂主義這一個名目時，我還有和這名目相關的一段回憶。那是舊話了，早可過了十年了。那時候，和就住在我的很鄰近的一位先輩見訪的談話之間，曾經議論到 dilettantism 這一個名詞的譯法。他說：「想翻作『鑒賞主義』罷……。」我從語源着想，卻道：「翻作『享樂主義』呢？」此後不多久，那先輩在新聞上陸續揭載的自傳小說體的作品裏，就用了後一個譯語了。這是這名目在文壇上出現的最始。

從此以後，享樂主義的名就被世間各樣濫用，也常被誤解，以爲就是淺薄的不誠懇的快樂主義。畢竟也因爲「享樂」這兩個字不好的緣故呵，還是譯作鑒賞主義倒容易避去誤解罷。雖在現在，我還後悔着那時的太多話。那先輩，是已經成了故人了。

所謂什麼什麼 ism 者，原不過對於或一種思想傾向以及生活態度之類，姑且給取一個名目的標紙似的東西，在名目本身中，是並沒有什麼深意義的。但是因爲有了那名目，便惹起各樣的議論來，即名目所表示的內容，也被各樣地解釋。正如一提起自然主義，世間的促狹兒便解作獸慾萬能思想；將 democracy 譯作民主主義或民本主義，便以爲是危險思想或者什麼之類一樣，享樂主義這一個譯語，也和最初想到這字的我自已的意思，成了距離很遠的東西了。想出鑒賞主義這譯語來的那先輩的解釋怎樣，固然是另一問題，總之鑒賞主義這一面，也許倒是較爲易懂的穩當的文字罷。

眞愛人生，要味其全圓而加以鑒賞的享樂主義，並非像那飄浮在春天的花野上的胡蝶一樣，單是尋歡逐樂，一味從這里到那里似的淺薄的態度。和普通稱爲 epicureanism的思想，在文藝上，就是古代希臘讚美酒和女人的亞那克倫（Anakreon）以來的快樂主義，也完全異趣的。倘就近代而言，則比起淮爾特（O. Wilde）在"Dorian Gray"（其第二章及第十一章等）中所用的新快樂主義（new hedonism），或者別的批評家所命名的耽美主義（æstheticism）之類的內容的意義來，這是大得多，深得多的眞率而誠懇的生活態度。淮爾特的那樣的思想和態度，本來是從沛得（W. Pater）出來的，但到了淮爾特，則無論其作品，其實生活，較之沛得，即很有淺薄惹厭，不誠懇，浮滑之感了。

沛得在他那論集文藝復興研究（The Renassance）的有名的跋文中說——

「在各式各樣的戲曲底的人生中，給與我們者，僅有脈搏的有限的數目。須怎樣，纔能將在脈搏間可見的一切，藉了最勝的官能，于其間看完呢？又須怎樣，我們纔能最迅速地從刹那向刹那流轉，而又置身於生命力的最大部分成了最純的力，被統一了的焦點呢？任何時，總以這堅硬的寶玉似的火焰燃燒，維持着這歡喜，這便是在人生的成功。」

這些話，確可以道破我所說的享樂主義的一面的。但是沛得在這里，並沒有用「dilettantism」那樣的字，自然是不消說。這跋文無端惹了當時的英國文壇和思想界的注目，有一派竟加以嚴厲的攻擊了，後來沛得便將自己的內生活用自傳體的小說模樣敘述出來，題曰快樂主義者美理亞斯（Marius the Epicurean），以答世間的攻難。那故事是描寫紀元二世紀時，生在羅馬的思潮混亂時代的一個青年美理亞斯的思想生活的路綫的，他壯大後，遂成了古昔契來納（Cyrene）的哲人亞理士諦巴斯（Aristippos）所說快樂主義的信徒，後受基督敎會的感化，竟以一種的殉敎者沒世。這書的第九章敘「新契來納思想」的一節說——

「這樣的愉快的活動，也許誠然可以成爲那所謂快樂主義的理想罷。然而對於當時美理亞斯所經過的思索，則以爲那是快樂說的非難，却一點不對的。他所期待的並非快樂，是生的充實，是作爲導向那充實的東西的透觀(insight)。殊勝的有力的各樣的經驗，其中有寶貴的苦惱，也有悲哀；也有見於亞普留斯（Apulins）的故事裏那樣的戀愛，眞摯熱烈的道德生活。簡言之，即無論出現於人生的怎樣的形相，苟是英武的，有熱情的，理想底的

東西，則他的「新契來納思想」，是取了價值的標準的。」（同書一五二葉）

自從公表了先前的跋文以來，在爲快樂主義者這一個惡名所苦的沛得的這言辭中，頗可見自行辯解的語氣。但我想，他的態度是儘量地眞率，嚴肅，並非只在剎那剎那的陰影裏，尋歡奔走的那樣的人，也不是耽樂肉慾，單淹在物質裡的 sybo-rite（蕩子）的流亞，也就可以想見了。

四　人生的享樂

給一種思想命名爲 ism 的標紙，想起來，是似乎便當而又不便的東西。作爲我在先想出享樂主義這一個譯文的根源的那洋文的 dilettanteism，在我所說的意義上，已經就是很不便當的文字了。

略想一想看，西洋的文學者是怎樣地解釋這話的。羅威勒（J. R. Lowell）的有名的文集書卷之中（Among My Books）的第二卷中，有一處說，dilettantism

和懷疑思想是雙生的姊妹。誠然，從不相信固定的法則，由此規定的事即都不喜歡的那態度看起來，是帶着懷疑思想的色采的。然而這也憑看法而定：既可以算作極其無聊的事，也可以成爲生活態度的極其出色的事。倘將這解釋爲勇猛地雄赳赳地要一徑越過那流動變化的人生的大濤的態度，則我以爲其間即難免有懷疑的傾向；但我同時又想，凡爲大的人生的肯定者當然應取的態度，豈不是一定帶着這樣似的色采的麼？

在西洋，這字的最爲普通的解釋，是愛文學和美術，對於人生，則取袖手旁觀的態度，自己是什麼也不做，懶散着，而別人的事，却這樣那樣說不完，極其懶惰，溫暾，而且從或一意義上說，則是伶俐的生活態度。和徒然玩着詩歌和俳句，摩弄書畫骨董的雅人，相去不遠的。嘉勒爾用了照例的始終一貫，激烈地，痛快地，將時勢加以罵倒和批評的名著過去和現在（勞動問題和社會問題正在喧囂的此時，出於我的在京都的一個朋友之手的此書的全譯，近來出了板，是可喜的事）的

第三卷第三章以下所批評的，就是這樣的意義的 dilettantism 。古來，在日本文學史上，這一類的享樂家尤不少。又有雖然稍不同，但西洋的批評家評法蘭斯(Anatole France)似的文人，說是 dilettant 的時候，我以爲也確有這種意思的。

對於這樣的態度，現在未必還有我來弄墨的必要罷。藝術生活者，决非與圍碁謠曲同流的娛樂，也不是俗所謂「趣味」的東西。是眞切的純一無雜的生活。是從俗物看來，至于見得愚直似的，極誠懇而熱烈的生活。因爲並不是打趣的風流氣分的弛緩了的生活的緣故。

我已經不能拘泥於名目和標紙之類了，不管他是洋文的 dilettantism ，是嵌上了漢字的享樂主義，這些事都隨便。但應該看取，這里所謂觀照享樂的生活這一個意義的根柢裏，是有着對於人生的燃燒着似的熱愛，和肯定生活現象一切的勇猛心的。

從古以來，度這樣體面的充實的生活的偉人很不少。文藝上的天才，大抵是竭力要將「人生」這東西，完全地來享樂的人物。袖手旁觀的雅人和游蕩兒之流，怎麼能懂得人生的眞味呢？大的藝術家，即在他的實行生活上，也顯現着凡俗所不能企及的特異的力。有如活在「眞與詩」裏的瞿提，就是最大的人生的享樂者罷。看起彌耳敦的政治底生涯來，也有此感。又從哈里斯（F. Harris）的嶄新而且大膽的論斷推想起來，則在以人而論的沙士比亞的實生活上，也有此感。去國而成了流竄之身的但丁，更不消說了。踢開英吉利，跳了出去的裴倫，憤藤原氏的專橫，Don Juan 似的業平，就都有同樣的意思的實生活的罷。至在藝術和生活的距離很相接近了的近代，要尋出這樣的例子來，則幾乎可以無限。他們比起那單是置身於藝術之境，以立在臨流的岸上的旁觀者自居，而閑眺行雲流水的來，是更極强，極深地愛着人生的。聳身跳進了在脚下倒捲的人生的奔流，專意傾心地要將這來賞味，來享樂。一到這樣，則這回對於自己本身，也就恰如旁觀者的舉動一樣，放射出鋒利的觀照的視線來，於是遂發生深的自己的反省。我以爲北歐的著作家，這樣的態度是特爲顯著的。

以爲文學是不健全的風流或消閒事情的人們，只要一想極近便的事，有如這回的大戰時候，歐洲的作家做了些什麼事，就會懂得的罷。最近三四年來，以藝術底作品而論，他們幾乎沒有留下一件偉大的何物。這就因爲他們都用筆代了劍去了。爲了舊德意志的軍國主義，外面地， 那生活的根柢將受危險的時候，他們中的許多，便蹶起而爲鼓舞人心，或者爲宣傳執筆。英國的作家，是向來和政治以及社會問題大有關係的，可以不待言。而比利時的默退林克（M. Maeterlinck）和惠爾哈連（E. Verhaeren），這回也如此。尤其是後者的絕筆戰爭的赤翼（Les Ailes Rouges de la Guerre），則是這詩人的祖國爲德兵的鐵騎所蹂躪時候的悲憤的絕叫也。在法蘭西，則孚爾（P. For）的美艷的小詩已倏然變了愛國的悲壯調，喀萊革（Fernand Gregh）的詩集成爲悲痛的王冠（La Couronne Douloureuse），此外無論是巴泰游（H. Bataille），是克羅兌爾（P. Claudel），是舊派的人們，是新派的人們，無不一起為祖國叫喊。將法蘭西當作頹唐的國度，性急地就想弔其文化的末路的那些德國心醉論者流，只要看見這些文藝作品上的生命力的顯現，就會知道法蘭西所得的最後的戰勝，決非無故的罷。

我在上文曾說以筆代劍，但在這回的大戰中，就照字面實做的文學者也很多。有如英國的勃祿克（Rupert Brooke）斃於大達耐爾（Dardanelles）的征塗，法蘭西新詩壇的首選伾基（Ch. Péguy）殤於瑪侖（Marne）的大戰，就是最著的例。還有，這是日本的新聞紙上也常常報告，讀者現在還很記得的罷，聽到了意大利的但農契阿（G. D'Annunzio）在飛機上負了傷的話，人們究竟作何感想呢？對於蒸在溫室裏面似的，帶着濃厚的頹唐底色彩的這作家的小說，一概嘲為不健全的人們，敢請再將在藝術生活的根底裏的嚴肅悲壯的生命活動，努力之類的事，略為想一想罷。但農契阿這人，無論從怎樣的意義上看，總是現存的最華美的 romanticist，享樂主義者。倘不是眞實地熱愛人生，享樂人生者，怎麼能做出那樣的舉動來？

以觀照享樂爲根柢的藝術生活，是要感得一切，賞味一切的生活。是要在自己和對象之間，始終看出純眞的生命的共感來，而使一切事物俱活，又就如活着照樣地來看牠的態度。美學上所謂感情移入（Einführung）的學說，畢竟也就是指這心境的罷。

並非道理，也並非法則，即以自己的生命本身，眞確地來看自然人生的事象，這里就發生感興，也生出趣味來。進了所謂物心一如之境，自己就和那對境合而爲一了。將自己本身移進對境之中，同時又將對境這東西消融在自己裏。這就是指絕去了彼我之域，眞是渾融冥合了的心境而言。以這樣的態度來觀物的時候，則雖是自然界的一草一木，報紙上的社會新聞，也都可以看作暗示無限，宣示人生的奧妙的有意義的實在。借了詩人勃來克（W. Blake）的話來說，則「一粒沙中見世界，一朶野花裏見天，握住無限在你的手掌中，而永刦則在一瞬」云者，就是這藝術生活。

我本很願意將這論做下去，來講一切文藝，都是廣義的象徵主義。但在這里，現在也不想提出如此麻煩的議論來。我覺得拏出敎室的講義似的東西，來煩惱正以興味讀着的讀者，是過於莽撞的事，我還是將上文說過的那些，再來稍爲平易地另講一遍罷。

過着近日那樣匆忙繁劇的日常生活的人們，單是在事物的表面滑過去。這就因爲已沒有足以寧靜地來思索賞味的生命力的餘裕了的緣故。雖然用了眼睛看，沒有照在心的底裏看，耳朶裏是聽到的，但沒有達到胸中。懶散，膚淺，眞愛人生而加以賞味的生活，快要沒有了。於是一遇到什麼事，便用了現成的法則，或者誰都能想到的道理和常識之類，來判斷了就完事。換了話說，就是完全將事象和自己拉遠，絕不想將這收進到自己的體驗的世界裏去。人生五十年，縱使大規模地做事，豈非也全然是一種醉生夢死麼？

我用了極淺近的譬喻來說罷。食物這東西，那誠然是爲了人體的榮養而喫的。但這果眞是食物之所以爲食物的意義的全部麼？　倘使飲食的理由，單在卵白質若干，小粉若干，由此發出幾百加羅利的熱，則所謂食物者，不過在勞動運轉以養妻子的一種機器上所注的油而已。然而人類既然是人類而非機器，則必須到了感得食物，即味得食物的地方，這纔生出「完全地將這喫過了」這一個眞意義。倘單是刺刺促促地，急急忙忙地，像呑嚥辨當飯（譯者註：須在外自食者置器具中隨身攜帶的飯菜）似的喫法，則即使肚子會鼓起，而食物却毫不成爲自己的生活內容，所謂「不切身」的。凡是忙到不顧及味識人生的藝術生活，即觀照享樂的今人的生活，我就稱之爲這辨當肚。

我從這下等的譬喻再進一步說罷。爲了要最完全最深邃地享樂食物，即不可不竭力地使其人的味覺銳敏，健康旺盛起來。如果是半病人，正嚷着那個好，這個不好，不消化的東西是嚴禁的，醫生指定的食品之外，亂喫了就不行之類，則無論給他喫什麼，又怎麼能够懂得眞的味道呢？而且味覺一銳敏，即不消說，也就會尋出別人所不能賞味的味道來。凡是不爲道德和法律所拘囚，竭力來銳敏自己的感性，而在別人以爲不可口的東西裏，也能尋出新味的人生的享樂者，我以爲就是這味覺銳利的健康的人，就是像愛食物一樣，愛着人生的人。

我用了「愛人生」這話的時候，讀者中也許有人要指摘，說是文學者中很不少憎人者和厭生家罷。然而倘非眞愛，就也不會憎，也不會厭的。因爲所謂「可愛不勝，可憎百倍」，憎者，不過就是愛的一種變態。倘在自以爲現世不値半文錢，將人生敷衍過去，以冷冷淡淡地如觀路人的態度，來對人生一切現象的人們，或者只被動於外部的要求，機器似的轉動着的膚淺的人們，又怎麼會有厭生，怎麼會有憎人呢？

近來，略學了一點學問的人們，每喜歡說「科學底」呀，「研究底態度」呀之類的話。誠然，這是體面的可貴的事呵。然而研究者，乃是要「知」的努力，和享樂是別問題的。不消說，「知」來協助「味」的時候自然也很多。但以智識而論，則一無所知的孩子，却對于成人所沒有味得的各樣東西覺得有趣，在那里看出感興。詩人渥特渥思(W. Wordsworth)時時追懷着自己幼時的自然美感，即從這意義而來的。而同時也有和這完全正相反，雖然很知道，却毫不加以味識的人們。例如通世故達人情的人們裏面，絲毫沒有味到人生的就很多。又在深邃地研究事物而知道着的學者中間，甚至於全然欠缺着味識事物的能力的也不少。這就因爲作爲智識而存立了，却未能達到味得，感得，享樂那對象的緣故。也就因爲還沒有將這消融在自己的生活內容之中，將自己的生命嘘進對象裏去，使有生命而觀照牠的緣故。見了那現使滿都的子女無不陶醉的櫻花，加以研究的科學家，說，花者，樹木的生殖機關也。作爲智識，而知道花蕊和花粉的作用，那誠然是可貴的事。然而對了爛縵萬朶的櫻花，如果單以這研究底態度相終始，竟有什麽看花的意思呢？倒不如不知花爲何物，而陶醉於花的田夫野人，却是爲人的眞正的生活法了。倒不如對着山櫻，說道「人間敷島大和心」那樣全然不合常識也不合道理的話的人，却是眞要使人生得活的態度了。（譯者註：「人間敷島大和心，是朝暾下散馥的山櫻。」一是日本最通行的歌，磯城島之作。「敷島大和心」猶言日本精神。）對於這，一定以爲非作「朝暾下發香的生殖器」觀即屬不眞的科學者，我以爲這纔實在可憫哩。（對于文學上所謂眞和科學家所說的眞的關係，在後面藝術的表現裏已經說了大概。）

借了勃朗寧的詩的意思來說，則「味」的事，就是「活」的事。「知」的裏面，並不含有 "to taste life" 的意義。爲要深味，自然應該深知。我們正因爲要味識，所以要知道的。

讀小說和看演劇，本不是風流，也不是娛樂。因爲俗物們將這弄成風流，當作娛樂了，所以也就會不健全，也會有害。借了天才的特異的表現力，將我們鈍眼所看不見的自然人生的形相，活着照樣地示給我們，因此在文藝的作品上，就生出重大的生活上的意義來。所謂「無用之書也能有用」的就是。

愈是想，即愈覺近來日本人的生活和藝術相去太遠了。五十年來，急急忙忙地單是模仿了先進文明國的外部，想追到他，將全力都用盡了，所以一切都成了浮滑而且膚淺。沒有深，也沒有奥，沒有將事物來寧靜地思索和賞味的餘裕。說是米貴了，嚷着；說道普通選舉呀，鬧起來。哪，democracy 呵；哪，勞動問題呵；人種差別撤廢呵；這樣那樣呵；那漫然胡鬧的樣子，簡直像是生了歇斯迭里病的女人。而彼一時，此一時，因爲在根本上，並沒有深切寧靜地來思索事物的思想生活這東西的，所以沒有什麼事，一切都是空擾攘。雖然發了嘶聲，發病似的叫喊，但那聲音的底裏沒有力，沒有强，也沒有深，空洞之音而已。從這樣不充實的生活裏，是決不會生出大藝術來的。

人們每將美國人的生活評爲殺風景，評爲淺薄的樂天主義。那誠然是確實不虛的罷。然而美國人有黃金，有宗敎。日本人有什麼呢？日本人沒有美國人那麼多的錢，也沒有宗敎的力。物質底和精神底兩方面，日本人比起美國人來，生活更加貧弱，更加空虛。他們美國人，總之不就用了那一點國力，在現在各方面，使全世界都在美國化（americanize）麼？在文學上，最近的美國也已經要脫離英吉利文學的傳統，生了苍特希（Vachel Lindsay），出了弗羅斯德（Robert Frost）；便是好個頑固的英吉利文壇的批評家，不也給瑪思泰士（Edgar Lee Masters）的新聲喫了驚麼？回顧日本則如何？演劇入了窮塗了，新的路至今沒有尋出。至於詩歌，就幾乎滅亡，全從文壇上消聲匿迹了。說起文藝批評來，便是短評或者捷評，說道「豐滿的描寫」呀，「溫柔的筆法」呀之類，簡直是綿襖或是墊子的品評似的一定章法。這也無怪，近來即使做了長長的文藝評論，誰也不見得肯像讀普通選舉論和勞動問題論那樣地注意來讀牠。於是文壇就成爲只仗着小說——這也只仗着幾個只做短篇的作家，艱難地保着餘喘的模樣。這是怎樣可慮的事呵！

宗教並不是稱爲「和尙」的一種專門家的職務，各人都該有宗敎生活。還有，倘使政治還屬於稱爲「政治家」這一種專門家的職務的時候，則眞的 democracy 即不發達；不是各人都對於政治問題有興味，無論如何總不會好的。和那些正一樣，文藝也決非文藝家的專門職務，倘沒有各人各個的藝術生活，即不會眞生出大的民衆藝術來。在各人，在民衆全體，那根本上如果都有出色的充實了的內生活，則從這里，就會發生宗敎信念罷，政治也會被革新罷；而且偉大的新興藝術也會從這里起來，給民衆和時代的文化，戴上光榮的王冠罷。在這樣的意義上，日本人現在豈不是還有將自己的生活稍稍反省，加以改造的必要麼？

從靈向肉和從肉向靈

一

日本人的生活之中，有着在別的文明國裏到底不會看見的各樣不可思議的古怪的現象。世間有所謂「居候」者，是毫沒有什麼理由，也並無什麼權利，卻喫空了別人家的食物，優游寄食着的「食客」之稱。又有諺曰「小姑鬼千匹」，意思是娶了妻，而其最愛的丈夫的姊妹，卻是等於一千個惡鬼似的可惡可怕的東西。這也是在英美極其少有的現象。又在教育界，則有所謂「學校風潮」的希奇現象，不絕地起來，就是學生同盟了反抗他們的教師這一種可怕的事件。

這些現象，從表面看來，彷彿見得千差萬別，各有各個不同的原因似的能，然而一探本源，則其實不過基因於一個缺陷。我就想從極其通俗平易的日常生活的現象歸納，而指摘出這一個缺陷來。

將西洋的，尤其是英美人的生活，和我們日本人的一比較，則在根本上，靈和肉，精神和物質，溫情主義和權利義務，感情生活和合理思想，道德思想和科學思想，家族主義和個人主義，這些兩者的關係上，是完全取着正相反的方向的。我們是想從甲赴乙，而他們却由乙向甲進行。倘若日本人而眞要誠實地來解決生活改造的問題，則開手第一著就應該先來想一想這關係，而在此作爲出發點，安下根柢去。

在日本而宿在日本式的旅館中，在我們確是不愉快的事情之一。更其極端地說起來，則爲在景色美麗的這國度裏，作應當高興的旅行，而卻使我們發生不愉快之感者，其最大的原因，就是旅館，就是旅館和旅客的謬誤的關係。仔細說，則就是旅館和旅客的關係，並不站在純粹的物質主義，算盤計算的合理底基礎上。

一跨進西洋的 hotel ，就到那等於日本的帳場格子的 office 去。說定一夜幾元的屋，單人牀，連浴場，什麼什麼，客人所要的房子之後，這就完。什麼掌櫃的眼睛灼灼地看人的衣服和相貌，甚至於沒有熟人的紹介就不收留；什麼倘是敝衣破帽，不像會多付小賬的人便領到角落的髒屋子裏去之類的豈有此理的事，斷乎不會有。因爲旅館和寓客的關係，是純然，而且露骨的賣買關係，算盤計算，所以只要在賬房豫先立定契約，便再沒有額外的麻煩。待到動身的時候，又到賬房去取賬，就付了這錢，也就完。洗濯錢，飯菜錢，酒錢，這樣那樣，都開得很明細的。所謂茶代（譯者註：猶中國的小賬）這一種愚劣的東西，是即使爛錢一文也絕對地不收，也不付。

那麼， hotel 的人們對待寓客，就冷冷淡淡恰如待遇路人一樣麼？決不然的。還有，因爲每室之間有牆壁，門上又有鎖，那構造總是個人主義式，所以寓客和寓客不會親熱，住在裏面不愉快麼？也不然的。和這正相反，日本的旅館的各房間雖然只用紙門分隔，全體宛然是家族底融洽底構造一般，而那紙門其實倒是比鐵骨洋灰的牆壁尤其森嚴冰冷的分隔。而且連給所有的寓客可以聚起來閑談的大廳的設備也沒有。即使偶然在廊下之類遇見別的客人，也不過用了懷着「見人當賊看」的心思的臉，互相睨視一回；像西洋那樣，在旅館的前廳裡，漠不相識的旅客們親睦地交談的溫氣，絲毫也沒有。從個人主義出發，這徹底了之後的結果，就成爲溫情底了的是西洋的 hotel。便是忙碌的掌櫃和經理，在閑暇時候，也出來和客人談閑天。看見日本人寓在裏面，便誰也來，他也來，提出意外的奇問和獃問，大家談笑着。寓得久了，親熱之後，便會發生同到酒場去喝酒之類的友愛關係，湧出溫情，生出情愛來。這友愛，這溫情，這情愛，即不外以純粹的算盤計算和露骨的賣買貸借的契約關係，作爲基礎，作爲根柢，而由此發生出來的東西。

在日本的旅館裏，就如投宿在親戚或者朋友的家裏似的，對於金錢之類，先裝作不成問題模樣。待客人交出了稱爲「茶代」的一種贈品之後，那答禮，就是臨行之際，手巾還算好，還將稱爲「地方名產」的很大的醬菜桶或是茶食包送給客人。主人和掌櫃的走出來，敘述些毫無眞實的溫情，也無友愛的定規的所謂「招呼」。那關係，是朋友關係似的，贈答關係似的，標榜着非常懇待似的，而其實却是在賬房裏悄悄地撥着算盤，算出來的東西呵。在這友愛，這懇切，這溫情之中，既沒有一點溫熱，也沒有一點甜味，所以，是不愉快的。

西洋的 hotel 的是從物質湧出來的精神，從「物」湧出來的「心」，從殺風景的權利義務關係湧出來的溫情。日本的旅館可是走了一個正反對，是狠身上披着羊皮的。

二

在日本，師弟關係這一件事，議論很紛紜。還在說些什麼離開七尺，可不可以踏先生的影子。即使爲師者並沒有足以爲師的學殖和見識，但一做弟子，則反抗固然不行，而且還要勒令尊敬。一到金錢的關係，則在師弟之間，尤其看作絕對地超越了的事。那麼，我們就可以說，在日本的師弟關係，情愛果眞很深麼？敎師對於學生比在英美更親切，學生對於敎師比在英美更從順麼？敎育界的眼前的事實，究竟聲明着什麼來？那稱爲「學校風潮」這一個犯忌的現象，豈不是在英美和別的文明國的學校裏，幾乎不會看見的最醜惡的事實麼？

美國那樣的國度裏，敎師的敎誨學生，是當作 business（商業）的。從照例的頑固的日本式的思想看來，那是極其殺風景，極其胡鬧似的罷，然而其實是 business 無疑。學生付了錢，敎師就對於這施敎育，在物質關係上，是儼然的 business；毫沒有神聖的純粹的靈底關係，或者別的什麼在裏面。不繳學費的學生就除名，敎師收錢，作爲勞動的報酬，衣食着，豈不是就是證據麼。然而人類的本性，既然並非畜生，則受了較好的敎誨，啟發了自己的智能，就會自然而然地湧出感謝之念，也生出尊敬之心來；敎師這一面，對於自己的學生，也自然會發生薪水問題和算盤計算以外的情愛：這是人情。只要不像現在的日本的學校一樣，敎師的頭腦反比學生陳舊，學問修養品性上有欠缺，則師弟之間，一定會湧出溫情敬愛的靈底關係來的。倘若改善了敎師的物質底待遇，請了好敎師，則徹底地將基礎安在所謂 business 這算盤計算上，而在這里就湧出眞的師弟的情愛。在對於無能的敎師沒有給錢的必要和理由這一種 business 本位的美國學校裏，我曾見了比日本確是美得多高得多的師弟關係，很覺得欣羡。尤其是大學生和敎授的關係，走出敎室一步，便如親密的朋友關係似的，見了這而覺得不可名言的快感者，該不只我一個罷。說是英美的學校，因爲是自由主義，所以不起學校風潮之類者，無非不值一顧的淺薄的觀察罷了。

還有些人說，英美是個人主義，所以親子之情薄，日本是家族主義，所以親子之情深。這也是完全撒謊。

在美國，一到暑假，體面的富豪——即資本家的子弟，去做電車的車掌，或者到農村去做事，成爲勞動者的就很多。從一方面說起來，這自然是因爲和日本的書生花着父母的錢而擺出公子架子，樂於安居徒食的惡風正相反，無貧富上下之別，對於勞動，尤其是筋肉勞動的神聖，誰都十分懂得的緣故罷，但其主要的原因，則不消說，就在個人主義。日本是稱爲「兒童的天國」的——但因此也就是「母親的地獄」，——從嬰兒時代起，父母就過於照料。所以無論到什麼時候，孩子總沒有獨立心，達了丁年以上，還靠着父母養贍，不以爲意。對別人已經能開相當的大口的青年，而纏着自己的母親等索錢之際，便宛然一個毫沒有個人的自覺的肉麻小子，這樣的滑稽的矛盾，時常出現。當日本的高等程度的學生在暑假的幾個月中，時間很有餘裕，而花了父母的錢，跟在婊子背後的時候，美國富豪的子弟，却用了自己的額上的汗，即使爲數不多，可是正努力於掙得自己的學費。即此一事，美國國運的迅速進步的原因究在那邊，不也就可以窺見一端了麼？

談話有些進了岔路了，但是，因爲親子之間，都確定了個人的堅確的立脚點，所以美國的人們，父母在兒女的家裏逗留，也付寄宿費；子女手頭不自由了，便說：父親，請你買了這一本舊書罷。這樣的事實，從日本人的眼光略略一看，是極其殺風景，不人情的，沒道義的。殊不料在這樣鞏固的徹底了的物底基礎之上，却正如從豐饒肥沃的土裏開出美麗的花來一樣，令人生羨的快樂溫暖的美的親子的情愛，就由此萌芽，發育。冥頑的老爹勒令兒子孝順，用壓迫來勒索服從和報恩的國度裏決不會遇見的孝子孝女和慈父慈母，在他們那里都有。最初就靈底地，精神底地——道德底地，而並不明確地，立於權利義務和物質底個人底基礎之上，便到底得不到的深邃的母子之情，也就由此發生。豈不是人類麼？豈不是親子麼？只要物質底基礎一鞏固，即使聽其自然，也湧出溫情來。

親子，兄弟，夫婦，這些所有家族關係，在英美的個人主義國，却意外地比日本圓滿得多，溫暖得多。在夫婦之間，則因爲有了財產和權利的個人主義底確定，所以夫婦之情也比在日本深得多。我要將日本的姑媳的關係指摘出來，作爲最顯明的一條這樣的例証。

一看淸少納言的枕草紙，舉姑媳爲「不睦者」之一，就可見遠自平安朝的古昔，下至大正的今日，這是日本的家族生活的一個大弱點。這珍奇的現象，在英美的個人主義國，不妨說，是幾乎絕對沒有的。兒子一結婚，母親便如新得了一個女兒似的，加以愛惜。兒媳那一面，一想到那是生育了自己最愛的丈夫的母親，則只要沒有無理的壓迫和强制，即自然有愛情之泉從兩方面滾滾地騰湧出來。因爲最初就互相尊重着個人的權利，一切都從這里出發的，所以兩面都沒有互相侵凌之餘地。我以爲現在日本的主婦之一切多不進步者，也不單是爲夫的男子之罪，姑媳的不祥的反目嫉視，實是一個很大的原因，所以特地指出，作爲例證。在日本的普通家庭中，兒媳走到姑的面前，豈非確是一種奴婢麼？讀了德富氏的不如歸的英譯本，見了純然是西洋中世的女人似的浪子這女主人，美國人說：那是低能者，還是瘋子呢？我以爲他們不懂那小說的意思，也非無故的。

我的幼兒在美國婦人所經營的幼稚園走學。作爲降生節的贈品，說是這給父親，就將五六張紙訂成的本子，又說這給母親，另外又將厚紙所做的線板，使他拿回來。西洋的贈品，一定是一個一個，按每人贈送的。託丈夫做了事，送給夫人一條衣領做謝禮，也是無意味，因爲夫妻的所有之間，是有確然的區別的。尤其是使那受了父母的贈品的幼兒，也宛然一個獨立的個人一樣，就將自己在幼稚園裏所做的東西作爲答禮這一種習慣，也是很好的事。從兒童的時代起，就用了這樣的居心來撫育，這纔能成就那爲個人而有自覺的人。

三

西洋人就在褲子的袋子等類裏，散放着錢，鏗鏘地響着。這是英美人最多，大陸諸國的人們所不很做的事。在日本人的我們，彷彿覺得總有些很下等的殺風景似的。這就因爲日本人對於「金錢」這極端地物質底的東西，懷着一種偏見的緣故。仍然是想從精神向着物質，從靈向着肉而倒行的緣故。

拿謝金到師傅那里去，付看資給醫生，交筆資給畫家，都包了貢箋，束了「水引」，還說這是不够精神底的，又加上稱爲「熨斗」的裝飾。（譯者註：日本餽送物品，包裹之外，束以特製之線，半紅半白，——喪事則半黑，——稱爲水引。又於線間挿一圭形摺紙，曰熨斗。）大約還以爲不足罷，這回又載在盤子上，包上包袱，而且還至於謙恭一通。又費事，又麻煩，物質和勞力全都虛耗的事，姑且作爲別問題，這在日本人的生活上，實是想用了精神的要素，來掩飾物質底要素的惡風的一端。貢箋包裹的後面，就分明地寫着「銀幾元」這極其殺風景的字樣，不正是現實暴露的笑話麼？這和上面說過的旅館的結帳和茶代一樣，都是裝作從靈，即從精神出發模樣，而其實却落在肉裏，歸到物質裏去的。

謝金，看資，筆資，這豈非都是對於勞動的報酬麼？倘以爲和付給俸錢或工錢全一樣，不加包太失禮，則裝入信封裏去付給，也是毫無妨碍的。尤其甚者，且至於中間的謝金看賫筆賫只有不適當的一點，而想用了體面的貢箋和偉大的水引來掩飾過去，在這地方，就有着日本人的生活的不安定，缺陷，淺薄。

將並非出於純情的贈答品的東西，裝作贈答品模樣，以行金錢的支付。收受的一邊，遇到不適當的少數的時候，本有提出抗議的權利的，但却帶着稱爲「水引」和「熨斗」的避雷針，足够使他不能動用權利。即使怎樣掩飾，裝作精神底模樣，而因爲那根本的物質底基礎並不明確鞏固，所以毫不徹底，毫不充實的。

英美人的辦法，是作爲義務而付給金錢，作爲權利而收受，所以付給之際，沒有水引和熨斗的必要，收受時也無須謙虛。如此之外，便是西洋人，也說些「不過一點意思」的應酬話，收受者的一邊也答禮道「多謝」。因爲是立於合理的基礎上的情態，所以有着眞的溫暖，誠然是士君子似的態度。

日本的旅館的廢止茶代，無論過了多少時候，終於不能辦到者，就因爲在日本人的生活上，有着這靈肉顛倒的缺陷的緣故。英美的飯店旅館中付給堂倌的小賬，大率以所付全額的十分之一爲標準，給得太多的，有時反成笑話。既沒有給一宿兩宿的旅館的茶代就是數百元，而自鳴得意的愚物，也沒有領取了這個而眞心佩服崇拜的沒分曉漢：這是英美式。無論什麼時候，總用那超越了權利義務關係的賄賂式的金錢授受的是日本流。

四

我省去了那樣的繁瑣的許多例證，從速作一個結論罷。

重視那稱爲「禮儀」這一種精神底行爲，在人間固然是切要的。然而倘若那禮儀不能合理底地，物質底地，內容底地充實着，則即使作爲虛禮而加以排斥的事，還得躊躇，但有時候豈不是竟至於使對手感到非常的不快，發生反感麼？

美國人之類，從衣袋裏抓出一把錢來，就這樣精光地送到對手的面前，說道，

「唯，這是謝金。」這作爲太不顧禮儀，徹底了唯物主義的一例，是誠然不愉快的，但比起避雷針的水引熨斗來，却還有純朴的好處在。

日本入無論什麽事，首先就唯心底地，精神底地，　從人情主義和理想主義出發，並無合理底物質底基礎，而要說仁義，敎忠孝，重禮，貴信；假使像古時候那樣，無論那里，都能够用這做到底，那自然是再好沒有的事，但「武士雖不食，然而竹牙刷」（譯者註：這是諺語，猶言武士雖不得食，仍然刷牙，以崇體制）的封建時代，早經葬在久遠的過去中，在今日似的經濟組織社會組織之下，這從靈向肉的倒行法，已成爲全然不可能的事了。己成爲不可能，而終於不改，總不想走從肉向靈，從物質向人情，從權利義務向情愛的合理的自然的道路，所以在日本人的生活上，有着缺陷，內容是不充實的。現在的情形，是自已就煩悶於這矛盾不統一了。

有如德川時代的稗史院本上所寫那樣，古時候的妓女，是雖然對於許多男子賣身，但心的貞操，則僅獻於一個男子。那貞操觀念，是純粹的唯心的。在古時侯，可以將精神和物質，靈和肉，分離到如此地步而立論，　但這樣的事，在今日的時勢，難道果眞是可能的麼？雖在今日，一有行竊或失行的人，老人或者道學先生首先就訶責這人的「居心」壞。　然而所謂「居心」之類的東西，難道果眞能夠獨立的麼？寒無衣飢無食的時侯，爲了生存權和生存慾望之故，即使怎樣「居心」好的人，至於去偸鄰人的東西，也是不足爲奇的事。當研訊「居心」如何之先，爲什麼不想去改良這人的物質生活的？爲什麼不想去除掉使這人行竊的物質的原因的？爲什麼對於會生出儘做儘做，總不能圖得一飽的人們來的社會組織的缺陷，不去想一想的!?

是有肉體的精神，有物的心。倘若將這顚倒轉來，以爲有着無肉體的精神，無物的心，則這就成爲無腹無腰又無足的幽鬼。日本人於無論什麼事，都不能深深地徹底，沒有底力，蹌蹌踉踉，搖搖蕩蕩者，其實就因爲度着這幽鬼生活的緣故。

徹底了現實主義，即從那極深的底裏湧出理想主義來。用唯物論儘向深奧處鑽過去，則那地方一定有唯心論之光出現。世界的思想史是明明白白地證明着這事實的。日本人因爲於這兩面都不能徹底而掛在中間，所以那生活始終搖蕩着，既不成爲古印度人那樣的唯心底，也不成爲現在美國人那樣的唯物底。從這樣的國度裏，怎麼會生出震動世界的大思想大文明來？

法蘭西革命後的十九世紀的歐洲，是用物質文明走到盡頭的了。用了權利關係，走徹了能走的路，已經一步也不能移動了。在人，則以個人主義，在國家，則以國民主義，都已徹底。自然科學的萬能力，也發揮到極點了。到世紀末，已以這樣十分地徹底，盡頭了。於是最近二十年來，思想界遂產生了理想主義，精神主義，神祕主義，便是共存同聚（solidarity）的社會思想，也至於流行。又在實際界，則因爲想要打破那十九世紀以來走到盡頭了的權利關係，於是就演了一場稱爲「世界戰爭」的大悲劇。國度和國度的關係，既以各自的權利主張入了窮塗，這回便改了方向，想以情愛主義道德主義的靈底信仰和理想主義來維持國際關係，硬想出所謂「國際聯盟」這一條苦計來。國際聯盟的力量，眞將各國的關係，完全地安在稱爲「道德」的精神底基礎之上的成功的日子，那前途還遼遠罷，但在講和條約上所定的國際聯盟的規約，總也算是宣示着將要從肉向靈，以權利思想爲基礎，而向平和主義道德思想進行的世界改造的方向和意義了。

從無論何時，總將時代的思潮，最迅速最鮮明地反映出來的文藝上看來，這樣的傾向更見得明顯。唯物主義科學萬能思想所產的自然主義現實主義的文藝，約在三四十年前，已和一大轉變期相遇；將近前世紀的末葉，而在走到盡頭了的唯物觀現實觀上面，建立起精神主義，神祕思想，人道主義那些新的理想主義的文藝來。文藝上之所謂象徵派，或者大率稱爲新羅曼派的傾向，無非就是物質和理智都已到了盡頭，因而興起的「靈的覺醒」(réveil de l'âme)。還有，伊孛生一派的問題文藝漸衰，而爲默退林克，爲辛格(J. M. Synge)，爲夏芝(W. B. Yeats)，爲羅斯當(E. Rostand)，以至出了霍夫曼斯泰爾(Hugo von Hofmannstal)和勖追支萊爾（A. Schnitzler），也是宣示着思潮的同樣的變遷的。

然而以上單是十九世紀以後的話。綜計古今，概括地說起來，就是西洋人的生活，較之東洋人的，從古以來，就尤其物質底得多，肉底得多。而且尤其合理底得多，自然科學底得多，也都是無疑的事實。在這樣的基礎之上，他們就立道德，信宗敎，思哲理。因爲是從肉向靈而進行的，所以西洋文明那一邊，較之東洋文明，更自然，更强，其發達遂制了最後的勝利，而造出今日的世界文化的大勢，並且將從靈向肉的幽鬼生活的東洋文明壓倒了！

五

從上文所述的見地，將這應用在勞動問題上，試來想一想罷。就靈和肉，溫情主義和權利思想這兩者的關係而言，也可以一樣地解釋的。

近時，代表了日本而往美國的勞動使節的一隊，回來了。其中有資本家代表的那叫作武藤某的談話，登在日報上。我讀了這個，覺得這乃是全不懂得東西文明的本質上的差異者之談。倘使爲自己的便宜和利益起見，拿出這樣的結論來，那我不知道；如果當作一種獨立的見解，則我以爲不過是知其一不知其二者的觀察罷了。

大阪的幾種大報上所載的談話中，有着下面那樣的一節：

「加入了勞動聯合的美國勞動者，大概不過三成呀。可是那傾向，却和日本全然相反；和日本的向着權利思想正相反，在美國，近來是從個人主義向着家族主義走，就是溫情主義極其流行了。而且很普遍；聯合是向來不興旺。日本的資本家們也有大家同盟起來，從此奬勵那溫情主義的必要罷。」

不錯，美國人現在正想從肉向靈，從個人主義向家族主義，從權利主義向溫情主義而遷變，在或一程度上，那是事實罷。然而這是於肉走盡了的結果；是用個人主義權利主義一直走到了可走的極度之點，而在那基礎上面建築起來的溫情主義。就和我上文說過的美國人的親子夫婦的愛情，師弟關係，旅館的待遇相同。現在向了毫無個人主義的基礎，也沒有權利思想的根柢的人們，致他們走到溫情主義去，乃是對着烏鴉硬要他學鵜鶘。 世上豈有說是因爲胖子在服清瘦藥，便勸瘦子也去服清瘦藥的醫生的？對了蹌蹌踉踉，搖搖蕩蕩，度着從靈向肉的幽鬼生活的日本社會，還要來說溫情主義，這豈不是要使這幽鬼生活更加幽鬼生活麼？武藤某又添上話，說，「學者們也還是略往美國去看一看好罷。」我也許因爲見識不足之故罷，自己也往美國看了來，可是並沒有達到這樣奇怪之至的結論的。（因說，在美國，加入勞動聯合的所以較少者，是因爲勞動者的大多數並非純粹的盎格魯索遜系的美國人，而是日耳曼種及其他，多是移住勞動者這一個事實的緣故。這是出於世界人種集合營生的美國特有的情勢的，並不是足供他國參考的事件。北美人和別國的移住勞動者，到處是水和油的關係，這只要一看現在加釐福尼州的日本移民和美國人的關係那樣的極端的例，不就可以明白麼？至於在日本的日本勞動者，則不待言，九成九是純粹的日本人。即此一端，美國的事情在日本也全不足以作爲參考。）

英美人是世界上最爲現實底，物質底，權利義務思想最是發達了的國民。因爲那現實主義現在已經十分徹底了的緣故，從那里要湧出精神主義，溫情主義來了。所以在近時，英美的勞動問題社會主義的思想，和德法意及其他國度的社會主義不同，很帶着人道底藝術底宗敎底色彩；甚至於還有竟使人以爲似乎先前的洛思庚(Ruskin)，嘉勒爾(Carlyle)，摩理思(William Morris)等時候的基督敎社會主義的復活的。詩人摩理思的藝術底社會主義，今又驟然喚起世人的注意，著過近代的烏託邦的現時英國小說界的老將威爾士(Wells)，至於寫出神，莫見的王(God, the Invisible King)來，豈不是都表示着這般的消息麼？（參照拙著印象記中歐洲戰亂與海外大學三八五頁。）然而這即在西洋，也特是英美的話。是只限於建國以來，一向以權利主義物質主義行來的盎格魯索遜人種的事；別的諸國，則還正在忙殺於物質主義，自然科學底社會主義的基礎工程哩。

在已經徹底了科學底物質底的事，近來且將成爲空想底藝術底人道底的國度的人們，看見日本人現在重新來讀「科學底社會主義之父」的馬克斯（Marx）的所說——約四十年前去世了的他的著作，也許禁不得要噴飯罷。然而馬克斯是舊是新都不妨。日本人總該首先傾聽唯物史觀，一受那徹底了的物質主義的洗禮。因為倘不是先行築好根柢，是不能達到大的理想主義，深的精神生活的。沙上面，不是造不成大厦高樓的麼？

我國的夫婦間愛情之不及西洋人，師弟間溫情之缺乏，勞動者和資本家關係之像主僕，旅館之不能廢止茶代，歸根結蒂，只在一端。就是因為沒有合理底生活的根柢，不徹底於物質主義權利思想，總是希求着與肉無關的靈的生活，被拘囚於淺薄脆弱的陳舊的理想主義的緣故。

為人類的最像樣的生活，那無須再說，是靈和肉，內容和外形之間，都有渾然的調和，渾然的融合的生活了。于肉不徹底，於物質未嘗碰壁，於內容並不充實的日本人，是沒有大而深，而且廣的精神生活的。因為精神生活並不大而深而且廣，所以沒有哲學，也沒有宗教，道德也頽敗，藝術也衰落了。無論衝突着什麼問題，那付對的態度，是輕浮，沒有深，也沒有强，總不會斬釘截鐵的，是幽鬼生活的特徵。到最後，我再說一遍罷：日本人的生活改造，倘不首先對於從肉向靈的這根本的問題，徹底地想過，是不行的！

著者在書齋中

藝術的表現

（這一篇，是大正八年（一九一九）秋，在大阪市中央公會堂開橋村青嵐兩畫伯的個人展覽會時，所辦的藝術講演會中的講演筆記。）

因爲是特意地光降這大阪市上到現在爲止還沒有前例的純藝術的集會的諸位，所以今天晚上我所要講的一些話，也許不過是對着釋迦說法；但是，我的講話，自然是豫期着給我同意的。

世間的人們無論看見繪畫，或者看見文章，常常說，那樣的繪畫，在實際上是沒有的。向來就有「繪空事」這一句成語，就是早經定局，說繪畫所描出來的是虛假。那麼長的手是沒有的；那花的瓣是六片，那却畫了八片，所以不對的：頗有說着那樣的話，來批評繪畫的人。這在不懂得藝術爲何物的世間普通的外行的人們是常有的事，總之，是說：所謂藝術，是描寫虛假的東西。便是藝術家裏面，有些人似乎也在這麼想，而相信科學萬能的人們，則常常說出這樣的話來。曾經見過一個植物學家，去看展覽會的繪畫，從一頭起，一件一件，說些那個樹木的葉子，那地方是錯的，這個花的花鬚是不眞確的一類的話，批評着；但是，我以爲這也是太費清神的多事的計較。關于這事的有名的話，法蘭西的羅丹的傳記中也有這樣一件故事：一個南美的富翁來託羅丹彫刻，作一個肖象，然而說是因爲一點也不像，竟還給羅丹了。羅丹者，不消說得，是世界的近代的大藝術家。他所作的作品，在完全外行人的眼裏，却因爲說是和實物不相像，終於落第了。這樣的事，是指示着什麼意義呢？倘使外面底地，單寫一種事象，就是藝術的本意，則只要掛着便宜的放大照相就成。較之藝術家注上了自己的心血的風景畫，倒是用地圖和照片要合宜得多了。看了面貌，照樣地描出來，是不足重輕的學畫的學生都能够的。這樣的事，是無須等候堂堂的大藝術家的手腕，也能够的。倘若向着眞的藝術家，託他要畫得像，那大概說，單是和實物相像的繪畫，是容易的事的罷。但一定還要說，可是照了自已的本心，自己的技倆，藝術底良心，却敢告不敏，照相館的伙計一般的事，是不做的。到這里，也許要有質問了：那麼，藝術者，也還是描寫虛假的麼？不論是繪畫，是文章，都是描寫些胡說八道的麼？藝術者，是從頭到底，描寫眞實的。繪畫的事，我用口頭和手勢，有些講不來，若就文章而論，則例如看見櫻花的爛熳，就說那是如雲，如霞一類的話。而且，實際上，也畫上一點雲似的，或者遠山霞似的東西，便說道這是滿朶的櫻花盛開着，確是虛假的。但是，比起用了顯微鏡來調查櫻花，這「花之雲」的一邊，却表現着眞的感得，眞的「眞」。與其一片一片，描出櫻花的花瓣來，在我們，倒不如如雲如霞，用淡墨給我們暈一道的覺得「眞」；對誰都是「眞」。比如，說人的相貌，較之記述些那人的鼻子，這樣的從上到下，向前突出着若干英寸這類話，倒不如說那人的鼻子是像尺八（譯者注：似洞簫，上細下大）的，却更有藝術底表現。所謂「像尺八」者，從文章上說，是因爲用着一個 Simile ，所以那「眞」便活現出來了。所謂支那人者，是極其善于誇張的。只要大概有一萬兵，就說是百萬的大軍，所以，支那的戰記之類，委實是幹得不壞。總而言之，謊話呵，講大話也是說謊之一種，說道「白髮三千丈」，將人當獃子。什麼三千丈，一尺也不到的。但是，一聽到說道三千丈，總彷彿有很長的拖着的白髮似的感得。那是大謊，三千丈……也許竟是漫天大謊罷。雖然也許是大謊，但這却將或一意義的「眞」，十分傳給我們了。

在這里，我彷彿弄着詭辯似的，但我想，除了說是「眞」有兩種之外，也沒有別的法。就是，第一，是用了圓規和界尺所描寫的東西，照相片上的眞。凡那些，都是從我們的理智的方面，或者客觀底，或者科學的看法而來的設想，先要在我們的腦子裏尋了道理來判斷，或者來解剖的。譬如，在那里有東西像是花。于是我們既不是瞥見的剎那間的印象，也不是感情，却就研究那花是什麽：櫻花，還是什麽呢？換了話說，就是將那東西分析，解剖之後，我們這纔捉住了那科學底的「眞」。也就是，用了我們的理智作用爲主而表現。終于就用了放大鏡或顯微鏡，無論怎麽美觀的東西，不給牠弄成髒的，總歸不肯休歇。說道不這樣，就不是眞；藝術家是造漫天大謊的。那樣的人們，總而言之，那腦子是偏向着一面而活動的；總之，那樣意義的眞，就給牠稱作科學底「眞」罷。那不是我們用直覺所感到的眞，却先將那東西殺死，于是來解剖，在腦子裏翻騰一通，尋出道理來。譬如，水罷，倘說不息的川流，或者甘露似的水，則無論在誰的腦子裏，最初就端底地，藝術底地，豁然地現了出來。然而科學者却將水來分析爲 H_2O，說是不這樣，便不是眞；甘露似的水是沒有的，那裏面一定有許多黴菌哩。一到被科學底精神所統治而到了極度的腦，不這樣，是不肯干休的。至于先前說過的白髮三千丈式的眞呢，我說，稱牠爲藝術上的眞。在這是眞，是 true 這一點上，是可以和前者比肩，毫無遜色的。

倘有誰說是謊，就可以告狀。決沒有說謊，到底是眞；說白髮三千丈的和說白髮幾尺幾寸的，一樣是眞。這意思，就是說，這是一徑來觸動我們的感，我們的直感作用的，並不倚靠三段論法派的道理，解剖，分析的作用，却端底地在我們的腦子裏閃出眞來，——就以此作爲表現的眞。一講道理之類，便毀壞了。無聊的詩歌，談道理和說明，當然自以爲那也算是詩歌的罷，但那是稱爲不成藝術的冢窠的。我們的直感作用，或者我們的感，或者感情也可以，如果這說是白髮三千丈，聽到說那人的鼻子像尺八，能够在我們的腦裏有什麼東西瞥然一閃，則作爲表現的眞，就儼然地寫着了。

那麼，要這麼辦，得用怎樣的作用纔成呢？這是要向着我們的腦，給一個刺戟，就是給一種暗示的。被那刺戟和暗示略略一觸，在這邊的腦裏的一種什麼東西便突然燃燒起來。在這燒着的刹那間，這邊的腦裏，就發生了和作家所有的東西一樣的東西，于是便成爲所謂共鳴。然而在世間也有古怪的廢人，有些先生們，是這邊無論點多少回火，總不會感染的。那是無法可施。但倘若普通的人們，是總有些地方流通着血，總有些地方藏着淚的；當此之際，給一點高明的刺戟或暗示，就一定著火；這時候，所謂藝術的鑑賞，這纔算成立了。這刺戟，倘在繪畫，就用色和形；在文學，是用言語的；音樂則用音：那選擇，是人們的自由，各種的藝術，所用的工具都不一樣。總之，是工具呵。所以，有時候，就用那稱爲「誇張」的一種戰術，那是，總而言之，藝術家的戰術之一罷了。將不到一寸或五分的東西，說道三千丈，那就是藝術家的出色的戰法。這樣的戰法，是無論那一種藝術上都有的。要說到這戰法怎樣來應用，那安排，就在使讀者平生所有的偏向着科學底眞而活動的腦暫時退避；在這退避的刹那間，一邊的直感的作用就昂然地抬起頭來。換了話來說，也就是作家必須有這樣的手段，使人們和那作品相對的時候，能暫時按下了容受科學底論理底的眞，用顯微鏡來看，用尺來量的性質。總而言之，凡是文學家或畫家，將讀者和鑑賞家擒住的手段，是必要的。總之，這暗示這一種東西，也和催眠術一樣，倘是拙劣的催眠術，對誰也不會見效，在拙劣的藝術家，技巧還未純熟的藝術家的作品裏，就沒有催眠術的暗示的力量。即使竭力施行着催眠術，對手可總不睡；當然不會睡的，那就因爲他還有未曾到家之處的緣故。所以，凡有作品，作爲藝術而失敗的時候，總不外兩個原因。就是，用了暗示來施行了催眠術之後，將讀者或看畫的人，拉到作者這一邊來了之後，却沒有足以暫時按下那先前所說的容受科學上的眞的頭腦的力量，這就是作家的力量的不足。否則，這回可是鑑賞者這一邊不對了，那是無論經過了多麼久，總不能逃脫了道理或者推論，解剖，分析的作用，放不下計算尺的人們。這一節，現代的人們和先前的人們一比較，質地却壞得多了。於是當科學萬能的思想統治了一時的世間的時候，極端的自然主義或寫實主義就起來了。這是由于必要而來的。然而一遇到這樣的人們，就是即使善于暗示的大天才，無論怎樣巧妙地行術，也是茫無所覺，只有着專一容受那科學上的眞的腦子的先生們，却實在無法可想，所謂無緣的衆生難于救度，這除了逐出藝術的圈子之外，再沒有別的法。這一族，是名之曰俗物的。倘說到作家何以擒不住觀者和讀者呢？有兩樣：就是剛纔說過的擒住的力的不足的時候，和對手總不能將這容受的時候。從先前起，用了很大的聲音，說着古怪的話，諸位也許覺得異樣罷，那是照相呵，照相師呀，人相書呀，或者是寒暑表到了多少度呀。 今天並不說：今天熱得很哪……用了寒暑表呀，水銀呀那類工具，解剖分析了，表出華氏九十度攝氏若干度來，但是，這倘不是先用了腦裏所有的那稱爲寒暑表這一種知識，在腦裏團團地轉一通，便不懂得。然而蕪村的句子說——

犢鼻褌上插着團扇的男當家呀。

赤條條的家主只剩着一條犢鼻褌，在那里插着團扇，這麼一說，就即此浮出伏天的暑熱的眞來。那麼，這兩者的差異在那里呢。就是科學底的眞和作爲表現的「眞」，兩者之間的差異在那里呢，要請大家想一想。 作爲科學的「眞」時的候，被寫出的眞是死掉了的；沒有生命，已經被殺掉了。在被解剖，被分析的刹那間，那東西就失却生命了。至于作爲藝術上的表現的「眞」的時候，却活着。將生命賦給所描寫的東西，活躍着的。作爲表現的藝術的生命，就在這里。將水分析，說是 H_2O 的刹那間，水是死了；但是，倘若用了不息的川流呀，或者甘露似的水呀，或者別的更其巧妙的話來表現，則那時候，活着的特殊的水，便端底地浮上自己的腦裏來。換了話來說，就是前者是殺死了而寫出，然而作爲表現的眞，是使活着而寫出的。也就是，爲要賦給生命的技巧。所謂技巧者，並非女人們搽粉似的專做表面底的細工，乃是給那東西有生命的技巧。一到技巧變成陳腐，或者嵌在定型裏面時，則刺戟的力即暗示力，便失掉了。他又在弄這玩意兒哩，誰也不再來一顧。一到這樣，以作爲表現而論，便完全失敗，再沒有一點暗示力了。因爲對于這樣的催眠術，誰也不受了。

那麼，這使之活着而寫出的事，怎麼纔成呢？又從什麼地方，將那樣的生命捉了來呢？比如用瓶來說，那就說這里有一個瓶罷。將這用油畫好好地畫出的時候，那靜物就活着。倘使不活着，就不是藝術底表現。要說到怎麼使這東西活起來，那就在通過了作家所有的生命的內容而表現。倘不是將作家所有的生命的內容，即生命力這東西，移附在所描寫的東西裏，就不成其爲藝術底表現。那麼，就和科學者的所謂寒暑表幾度，H_2O 之類，成爲一夥兒了。所以即使畫相同的山，相同的水，藝術家所寫出來的，該是沒有一個相同。這就因爲那些作家所有的生命的內容，正如各人的面貌沒有相同的一樣，也都各樣的。假使將科學者的所謂「眞」，外面底地描寫起來，那也就成爲 impersonal，非個人底了。倘用科學者們心目中那樣的尺來量，則一尺的東西，無論誰來量，總是一尺。毫不顯出個性。因爲在科學者所傳的「眞」裏，並沒有移附着作家的生命這東西，所以無論誰動手，都是一尺，倘說這一尺的東西有一尺五寸，那就錯了；精神有些異樣了。將這作爲死物，外面底地來描寫，則是 impersonal，幾乎沒有差異的。所謂作家的生命者，換句話，也就是那人所有的個性，的人格。再講得仔細些，則說是那人的內底經驗的總量，就可以罷。將那人從出世以來，各種各樣地感得，聽到，做過的一切體驗的總量，結集起來的東西，也就是那人所有的特別的生命，稱爲人格，或者個性，就可以的。所以，用了圓規和界尺，畫出來的匠氣的繪畫上，並不顯有人格的力，和科學底表現是同一的東西；用了機器所照的照相也一樣。照相之所以不成爲藝術品者，就因爲經了稱爲機器這一件 impersonal 的東西所寫的緣故；就因爲所表出的，並不是有血液流通着的人類在感動之後，所見的東西的緣故。所以，寫實主義呀，理想主義呀，雖然有各樣的名目，但這既然是藝術品，就不過是五十步百步之差。依着時代的關係，倘非科學底的眞，便不首肯的人們一多，因爲沒有法，文學者這一面也就爲這氣息所染，和科學底態度相妥協了。總之，是作家所有的個人的生命，移附在那作品上的，德國的美學家，是用了「感情移入」這字來說明的。例如，即使是一個這樣的東西（指着水注），也用了作家自已所有的感情，注入在這裏面而描寫，那時候，這纔成爲藝術底。所以見了櫻花，或則說是如雲如霞，或則用那全然不同的表現方法罷。這就是作家在自已的作品上顯出感情的地方。因此庸俗的人們便畫庸俗的畫，這樣的人和作品之間，所以總有同一的分子者，就爲此。字這一種東西，在東洋是成爲冠冕堂皇的藝術的，西洋的字，個性並不巧妙地現出，然而日本的字，向來就說是「寫出其人的氣象」的，因爲和漢的字，儼然有着其人的個性的表現，顯現着生命，所以那是堂皇的美術。然而西洋的字體似的機械底的有着定規形狀的東西，是全不成爲藝術的。

於是藝術者，就成了這樣的事，即：表現出眞的個性，捕捉了自然人生的姿態，將這些在作品上給與生命而寫出來。藝術和別的一切的人類活動不同之點，就在藝術是純然的個人底的活動。別的事情，一出手就是個人底地鬧起來，那是不了的。無論是政治，是買賣，是什麼，一開手就是個人底地，那是不了的；然而獨有藝術，却是極度的個人底活動。就是將自已的生命即個性，賦給作品。倘若摹擬別人，或者嵌入別人所造的模型中，則生命這東西，就被毀壞了，所以這樣的作品，以藝術而論，是不成其爲東西的。最要緊的，第一是在以自已爲本位，毫不僞飾地，將自已照式照樣地顯出來。正如先前齋藤君（畫家齋藤與里氏）的話似的，自由地顯出自己來的事，在藝術家，是比什麼都緊要；假使將這事忘却了，或者為了金錢，或者顧慮着世間的批評而作畫的時候，則這畫家，就和塗壁的工匠相同。從頭到底，總是將自己的生命照式照樣地顯出，不這樣，就不成藝術。須是作者所有的這個性，換了話說，就是其人的生命，和觀覽玩味的人們的生命之間，在什麼地方有着共通之點，這互相響應了，而鑑賞纔成立；于是也生出這巧妙，或這有趣之類的快感來。

我以為這回所開的個人展覽會的意義，也就在這樣的處所。這一節，先前齋藤君的演說裏，似乎講得很詳細了，所以不再多說；但是，稱為政府那樣的東西，招集些人們，教他們審查，作為發表的機關那樣的，在或一意義上束縛個性的方法，是無聊的方法，以眞的藝術而論，是沒有意思的。我對了來訪的客人們，嘗說這樣的壞話。將自己家裏所說的壞話，搬到公會的場上來，雖然有些可笑，但是文部省美術展覽會呀，帝國美術展覽會呀，要而言之，就像妓女的陳列一般的東西。諸位之中，曾有對女人入過迷的經驗的，該是知道的罷，藝術的鑑賞，就和迷于女人完全一樣。對手和自己之間，在什麼地方，脾氣帖然相投；脾氣者，何謂也，誰也不知道。然而，和對手的感情和生命，眞能够共鳴，所謂受了催眠術似的，這纔是眞眞入了迷。陳列妓女的展覽會裏，有美人，也有醜婦，聚集了各種各樣的東西，來舉行美人投票一般的事。這是一等，這是二等，特選呀，常選呀，雖是這麼辦，和眞眞入迷與否的問題，是沒交涉的。假使吉原的妓女陳列是風俗壞亂，則說國家所舉行的展覽會是藝術壞亂，也無所不可能。在這一種意義上，作家倘若眞是尊重自己的個性，則還是不將作品送到那樣的地方去，自己的畫，就自己一個任意展覽的好罷。如果理想底地，徹底底地說，則藝術而不到這地步，是不算眞的。如果沒有陳列的地方，在自己家裏的大門口，屋頂上，都不要緊。要而言之，先前也說過，審查員用了自己的標準，加上一等二等之類的樣樣的等級，以及做些別的事，乃是愚弄作者的辦法。從我們鑑賞者這一面看起來，即使說那是經過美人投票，一等當選了的美人，也並不見得佩服，不過答道，哼，這樣的東西麼？如此而已。與其這個，倒不如醜婦好，一生抱着睡覺罷。倘不到這眞眞入迷的心情，則藝術這東西，是還沒有眞受了鑑賞的。總而言之，個性之中，什麼地方，總有着牽引這一邊，共鳴的或物存在。換句話，就是帖然地情投意合。要之，我們倘不是以男女間的迷戀一般的關係，和藝術相對，是不中用的。倘不這樣，要而言之，不過是閒看妓女的陳列而已。這一回，橋村靑嵐兩君的作品的個人展覽會開會了，而且這還開在向來和藝術緣分很遠的大阪，在這樣的意義上，我以爲實在是非常愉快的事。于是，爲要說一說自己的所感，就到這里來了；但因爲今晚又必須趁火車回到京都去，所以將話說得極其簡單了。

遊戲論

為國民美術展覽會的機關雜誌制作而作。

一

從制作的初號起，連續譯載着德國希勒壘爾（Fr. von Schiller）的論美底敎育的書信（Briefe über die Aesthetische Erziehung des Menschen），我因此想到，要對于這遊戲的問題，來陳述一些管見。

我們當投身于實際生活之間，從物質和精神這兩方面受着拘束，常置身于兩者的爭鬥中。但在我們，是有生命力的餘裕（Das überflüssig Leben）的，總想憑了這力，尋求那更其完全的調和的自由的天地；就是官能和理性，義務和意向，都調和得極適宜的別天地。這便是遊戲。藝術者，即從這遊戲衝動而發生，而遊戲則便是超越了實生活的假象的世界。這樣的境地，即稱之爲「美的精神（Schöne Seele）。以上那些話，記得就是希勒壘爾在那書信的第十四和十五裏所述的要旨似的。

康德（I. Kant）也這樣想，聽說在或一種斷片錄中，曾有與勞動相對，將藝術作游戲觀之說，然而我不大知道。可是一直到後來，將這希勒壘爾的遊戲說更加科學底地來說明的，是斯賓塞（H. Spenser）的心理學（第九篇第九章審美感情）。

無論是人，是動物，精力一有餘剩，就要照着自己的意思，將這發泄到外面去。這便成爲模擬底行爲（simulated action）而遊戲遂起。因爲我們是素來將精力用慣于必要的事務的，所以苟有餘力，則雖是些微的刺戟，也即應之而要將那精力來動作。這樣時候的動作，則並非實際底行爲，却是行爲的模擬了。就是「並不自然地使力動作之際，也要以模擬的行爲來替代了眞的行爲（real action）而發泄其力，這樣的人爲底的力的動作，就是遊戲。」斯賓塞說。

在人類，將自己的生命力，適宜地向外放射，是最爲愉快的；正反對，毫不將力外泄，不使用，却是最大的苦痛。 最重的刑罰，所以就是將人監禁在暗室裏，去掉一切刺戟，使生命力絕對地不用，置之于裴倫（G. G. Byron）在勖滃的囚人(The Prisoner of Chillon)裏所描寫的那樣狀態中。做苦工的，反要舒適得多。長期航海的船的艙面上，滿嘴鬍子的大漢鬧着孩子也不做的頑意兒，此外，牆壁上的塗抹，雅人的收拾庭院，也都可以這樣地加以說明的。

二

然而和以上的游戲說異趣，下了更新的解釋者，則是前世紀末瑞士的巴拾爾大學的格羅斯（K. Groos）教授公表的所說。

教授在動物的游戲（Spiele der Tiere）和人類的游戲（Spiele der Menschen）兩書中所述之說，是下文似的解釋，和以前者全然兩樣的。

遊戲並非起于實際底活動之後、的反響，倒是起于那以前的準備。就是，較之歷來的意見，是將遊戲看作在生活上有着更重大的，必要的，嚴肅的一要素的。人和動物，當幼小時，所以作各樣的遊戲者，是本能底地，做着將來所必要的肉體上精神上的活動。不只是自已先前所做過的活動的溫習，却是作爲將來的活動的準備，而做着那實習和訓練。這即使誰也沒有發命令，而人和動物的本能就要這樣。有如女孩子將傀儡子或抱或負者，如斯賓塞這些人所說一樣，決不是習慣底的模擬行爲；乃是從幾百代的母親一直傳下來的本能性，作爲將來育兒的豫備行爲，而使如此。小貓弄球，小孩一有機會便爭鬧，也無非都是未來的生存競爭的準備。所以使格羅斯說起來，則無論是人，是動物，並非因爲幼小，所以遊戲，乃是因爲遊戲，所以幼小的。因爲這里有「未來」在。

譬如原始時代的人和野蠻人之類，聚集了許多人，歌且跳，跳且歌。後者的解釋，即以爲那決不是單從遊戲衝動而發的，却是和敵人戰爭時候的團體運動的操練，是豫備底實習。

三

關于遊戲的以上的兩說，將這從和藝術的關係上來觀察，就有各種的問題暗示給我們。也和藝術所給與的快感，即遊戲的快樂，或者藝術的實用底功利底方面相關聯，成爲極有興味的問題。

在現今，大抵以爲希勒璺爾的遊戲說，是被後來的格羅斯敎授的所說打破了。然而我從藝術在人類生活上的意義着想，却竟以爲上述的兩說，不但可以兩立而已，而且似乎須是倂用了這兩說，這纔可以說明那作爲遊戲的藝術的眞意義。

在稱爲職業，勞動，實際生活等類的事情以上，在我們，都還有以生命力的餘裕所營的生活。和老人，成人相比較，青年和小兒就富于旺盛而潑剌的生氣，生氣怎樣富，這力的餘裕也就怎樣大。我們想用了那餘裕，來創造比現在更自由的，更得到調和的，更美的，更好的生活的時候，就是向上，也就是有進步。不獨藝術，凡有思想生活，大概都是在這一種意義上的嚴肅的遊戲。這也可以當作格羅斯的所謂「實生活的準備底階段」觀。

勞動和遊戲之間，本來原沒有本質上的差異的。譬如同是作畫，彈鋼琴，常因了做的人的環境和其人的態度，而或則成爲遊戲，或則成爲職業勞動。流了汗栽培花木，在花兒匠是勞動，是事務罷，但在有錢的封翁，却是極好的遊戲了。

那麼，勞動和遊戲之差，倘借了希勒壘爾的話來說，則所以不同者，只在前者是那勞作者的意向（Neigung）和義務（Pflicht）沒有妥當地調和，而在後者，則那兩事都適宜地得了一致。換了話說，便是前者是並非爲了從自已本身所發的要求而勞作的，而在後者，却是爲了自已，使自己的生命力活動，由此得到滿足。所以，我以爲遊戲云者，可以說，是被自已內心的要求所驅遣，要將自已表現于外的勞作罷。人若自由地表現出自已，適宜地將自已的生命力發放于外，是帶着無限的快感的；否則，一定有苦痛，這就成爲不能稱作遊戲的事了。這遊戲所在的地方，即有創造創作的生活出現。

縱使並不在生活問題可以簡單地解決，社會問題也不如今日一般複雜的原始時代，即在古代，職業底勞動和遊戲底勞作之間，是並沒有這麼儼然的區別的。都能够爲了自已所發的內底要求，高興地做事；爲了滿足自己，而忠實地，眞率地，誠懇地，以嚴肅的遊戲底心情做事的。當跪在祭壇前受神託，舉行祭政一致的「祀事」的時候，他們就做那稱爲「神戲」的事：奏樂，戴了假面跳舞，獻上美的歌辭。現在的所謂政治家和職業底僧徒所做的事，在他們是作爲「戲」而與辦的。

要而言之，遊戲者，是從純一不雜的自已內心的要求所發的活動；是不爲周圍和外界的羈絆所煩擾，超越了那些從什麼金錢呀，義務呀，道德呀等類的社會底關係而來的强制和束縛，建設創造起純眞的自我的生活來。希勒壘爾在那書信的第十五裏說，「人惟在言語的完全的意義上的人的時候纔遊戲，也惟在遊戲的時候纔是完全的人。」這有名的話的眞意義，就可以看作在這一點。我以爲在這意義上，世間就再沒有能比所謂遊戲呀，道樂呀之類更其高貴的事了。

人生的一切現象，是生命力的顯現。就中，最多最烈，表現着自己這個人的生命力的，是藝術上的制作。超脫了從外界逼來的別的一切要求，——什麼義理，道德，法則，因襲之類的外底要求，當眞行着純然的自已表現的時候，這就是拚命地做着的最嚴肅的遊戲。在這樣的藝術家，則有着格羅斯所說那般的幼少，也有着大的未來。藝術家一到顧忌世間的批評，想着金錢的問題，從事制作的時候，這就已經不是「嚴肅的遊戲」，而成爲匠人的做事了；這時候，對絹素，揮彩毫，要在那里使自然人生都活躍起來的畫家，已變了染店的細工人，泥水匠的傭工了。

雖然簡括地說是遊戲，其範圍和種類却很多。隨便玩玩的遊戲，就是俗所謂

「娛樂」一類的事，這就可以看作前述的斯賓塞所說的單是模擬底行爲，起于實際底活動之後的反響的罷。但是，眞的自已表現的那嚴肅的遊戲，則不問其爲藝術的，實業的，政治的，學藝的，乃是已經入了所謂「道樂」之域，因此，以個人而言，以人類而言，皆是也有未來，也有向上，有進轉。將這像格羅斯那樣的來解釋，看作豫備的行爲，則我以爲前述的兩種遊戲說，也未必有認爲兩不相容的衝突之說的理由罷。

描寫勞動問題的文學

一　問題文藝

建立在現實生活的深邃的根柢上的近代的文藝，在那一面，是純然的文明批評，也是社會批評。這樣的傾向的第一個是伊孛生。由他發起的所謂問題劇不消說，便是稱爲傾向小說和社會小說之類的許多作品，也都是直接或間接地，拿近代生活的難問題來做題材。其最甚者，竟至於簡直跨出了純藝術的境界。有幾個作家，竟使人覺得已經化了一種宣傳者（Propagandist），向羣衆中往回，而大聲疾呼着，這是儘够驚殺那些在今還以文學爲和文酒之醼一樣的風流韻事的人們的。就現在的作家而言，則如英國的蕭（B. Shaw），戈爾斯華綏（J. Galsworthy），威爾士，還有法國的勃利歐（E. Brieux），都是最爲顯著的人物。

跟着近一兩年來暫時流行了的民本主義之後，這回是勞動問題震聾了一世的視聽了。資本家對勞動者的衝突，只在日本是目下的問題，若在歐洲的社會上，則巳是前世紀以來的最大難問，所以文藝家之中，也早有將這用作主題的了。現在考察起這類的小說和戲曲的特徵來，首先是（1）描寫個人的性格和心理之外，還有描寫多數者的羣衆心理的東西。尤其是在戲曲等類，則登塲人物的數目非常之多。這是題材的性質自己所致的結果。在先，戲劇上使用羣衆的時候是有的。但是這只如在瞿提的"Egmont"和沙士比亞的"Julius Caesar"裏似的，以或一個人代表羣衆，全體（Mass）即用了個人的心理的法則來動作。將和個人心理的動作方法不同的羣衆心理這東西，上了舞臺的事，在近代戲劇中，特在以這勞動問題爲主題的作品中，已有成功的了。其次，還有（2）描寫多數者的騷擾之類，則場面便自然熱鬧，成了 Sensational 的 Melodrama 式的東西。（3）從描寫的態度說，其方法即近代作家大抵如斯，就是將現實照樣地描寫，於這資本勞動的問題，也毫不給與什麼解決，單是描出那悲慘的實際，提出問題來，使讀者自己對於這近代社會的一大缺陷，深深地反省，思索。（4）又從結構說，則普通的間架大抵在資本家勞動者的衝突事件中，織進男女的戀愛或家庭中的悲劇慘話去，使作品通體的 Effect 更其强，更其深。這決非所謂小說樣的揑造，乃是因爲勞動運動的背後，無論什麼時候，在或一意義上，總有着女性的力的作用的。（5）而且這類作品中，資本家那邊一定有一個保守冥頑不可超度的老人，即由此表出新舊思想的激烈的衝突。便是在日本，近來也很有做這問題的作品了，就中覺得是佳作之一的久米正雄氏的三浦製絲塲主（中央公論八月號），在上述的最後兩條上，也就和西洋的近代文學上所表示者異曲同工的。

二　英吉利文學

因爲近來同盟罷工問題很熱鬧，我曾被幾個朋友問及：西歐文藝的什麼作品裏，描寫着這事呢？因此想到，現在就將議論和道理統統撇開，試來紹介一回這些著作罷。在英吉利，製造工業本旺盛，因此也就早擅着產業革命的難問題了。詩人和小說家的做這問題者，也比在大陸諸國出現得更其早。英文學的特色，是純藝術的色采不及法蘭西文學那樣濃厚，無論在什麼時代，宗教上政治上社會上的實際問題和文學，總有着緊密的關係的事，也是這原因之一罷。最先，爲要擁護勞動者的主張，則有大叫普通選舉的 Chartist（譯者注：一八四〇年頃英國的改進派）一派的運動；和那運動關聯着，從前世紀的中葉起，在論壇，已出了嘉勒爾的過去和現在，"Chartism"，後日評論（Latter-Day Pamphlet）等，洛司庚也抛了藝術批評的筆，將寄給勞動者的尺牘 "Fors Clavigera" 和 "Unto this Last" 之類發表了。在詩壇，則自己便是勞動者的詩人瑪綏（Gerald Massey）以及在"Cry of Children"（孩子的呼號）中，爲少年勞動者灑了同情之淚的勃朗寧夫人的出現，也都是始於十九世紀的中葉的。

但是，在純然的創作這方面，最先描寫了這勞動問題的名作是庚斯萊(Ch. Kingsley）的小說酵母（Yeast. 1848）和亞勒敦洛克（Alton Locke. 1850）。當時的社會改造說，本來還不是後來得了勢力的馬克斯一流的物質論，而是以道德宗教的思想爲根蒂的舊式的東西，所以庚斯萊在這二大作品中所要宣傳者，也仍不外乎在當時的英吉利有着勢力的基督教社會主義；就是屬於摩理思和嘉勒爾等的思想系統的形而上底的東西。

因爲物價的飛漲，工錢的低廉，作工時間的延長，就業的不易等各樣的原因，當時的英國的勞動者，陷在非常的苦境裏，對於地主及資本家的一般的反抗心氣，正到了白熱度了。這不安的社會狀態，至千八百四十八年，又因了對岸的法蘭西的二次革命，而增加了更盛的氣勢。庚斯萊的這兩部書，就是精細地寫出勞動階級的苦况，先告訴於正義和人道的。在那根本思想上，已和今日的唯物底的社會主義基礎頗不同，以文藝作品而論，其表現上，舊時代的羅曼的色采也還很濃重。尤其是酵母這一部，是描寫荒廢了的田園的生活和農民的窘狀的，其中如主要人物稱爲蘭思洛德的青年，出外游獵，受了傷，在寺門前爲美麗的富家女所救，於是兩人遂至於相愛這些場面，較之以走入窮途了的今人的生活爲基礎的現代文學，那相差很遼遠。而且別一面，和這羅曼的趣味一同，又想將社會改造的主張，過於露骨地織進著作裏去，於是就很有了不調和，不自然；將所謂「問題」小說的缺點，暴露無餘了。不但以藝術品論，是失敗之作，即爲宣傳主義計，似乎力量也並不强。從今日看來，這書在當時得了極好的批評者，無非全因爲運用了那時的焦眉之急的問題，一時底地聳動了世人的視聽罷了。

和這比較起來，亞勒敦洛克這一部，是通體全都佳妙得多的作品。這一部不是農民生活，乃是寫倫敦的勞動階級的境遇，細叙貧民窟的生活的。較之酵母，更近於寫實，以小說而論，也已成功。書的寫法，是託之成衣店的工人亞勒敦洛克的自傳。從他出世起，進叙其和在一個畫院裏所熟識的大學幹事的女兒的戀愛；其後因爲用了口舌筆墨，狂奔於勞動運動的宣傳，被官憲看作發生於或一地方的暴動的煽動者，受了三年的禁錮。於是悟到社會改造的大業，須基督纔能成就；一面又因失戀的結果，遂爲周圍的情勢所迫，想遷到美國的狄克薩斯州去。迨將在目的地上陸之前，在船中得了病，死去了。書即是至死爲止的悲慘的生涯的記錄。倘說是純粹的小說，則側重宣傳的事，也寫得太分明了，但作者却還毫不爲意的說道，「單爲娛樂起見，來讀我的小說的人們，請將這一章略掉罷。」（第十章。）

三　近代文學，特是小說

然而從比庚斯萊這些人更近於我們的新時代的文學中，來一想那運用勞動對資本的問題的大作，則應當首先稱舉者，該是法蘭西的左拉（E. Zola）的發生（Germinal 1885）罷。這不獨是左拉一生的大作，而且歐洲勞動社會所讀的小說，相傳也沒有比這書更普遍的。作者將自己熱心地研究，觀察所得的事實，作爲基址，以寫煤礦工人的悲慘的地獄生活；將工人一邊的首領蘭推這人，反抗那橫暴的資本家的壓制的慘劇，用了極精緻的自然派照例的筆法，描寫出來。那敘述礦工的醜穢而殘忍，幾乎不像人間的生活這些處所，倘在日本，是早不免發賣禁止了的。或人評這部書，以爲是將但丁神曲中地獄界的慘酷，加以近代化的東西，却是有趣的話。還有同人的工作（Travail 1901），也記資本主義的暴虐，專橫的富豪的家庭生活的混亂的，一面則寫一個叫作弗羅蒙的出而競爭的人，以資本和勞動的眞的互相提携，而設立起來的工廠的旺盛。用了這兩面的明白的對照，作者就將自己的社會改造的理想，乃在後一面的事，表示出來了。（左拉並非如或一部分的批評家所誤信似的單是純客觀描寫的作家，在他背後，却有很大的理想主義在，在這些書上就可見。）

在英吉利文學這一面，和左拉的發生幾乎同時出現，單以小說而論，其事情的變化既多，而場面又熱鬧者，則是吉洵（G, Gissing）的平民（Demos；A Story of English Socialism, 1883）。有一個不像小家出身的，高尙而大方的女兒叫安瑪；而苗台瑪爾是在勤儉嚴正的家庭裏長大的社會主義者，和她立了婚約。但這社會主義者後來承繼了叔父的遺產，開起鐵工廠來，事情很順手，於是成爲富戶了；爲工人計，也造些乾淨的小屋，也設立了購買聯合和公開講演會之類。然而一到這地步，富翁脾氣也就自然流露出來，棄了立過婚約的安瑪，去和別的大家女結婚。但是，不幸而這結婚生活終於陷入悲境，財產也失掉了。苗台瑪爾的成爲候補議員，也非出於社會黨，而却從別的黨派選出。因爲這種種事，失了人心，有一回，在哈特派克遭了暴徒的襲擊，僅僅逃得一條命。爲避難計，他跳進一家的房屋中，則其中的一間，偶然却是安瑪的住室。他想探一探暴徒的情形，就從這里的窗洞伸出頭去；這時候，恰巧飛來一顆石子，頭上就受了很重的傷，終於在先前薄倖地捐棄了的安瑪的盡心護視之下，死去了：這是那長篇的概略。

專喜歡用窮苦生活來做題目的吉洵的著作中，並非這樣的勞動問題，而單將工人工女的實際，寫實底地描寫出來的，例如 "Thyrza" 一類的東西，另外還有。西洋近代的小說，而以勞動者的生活和貧富懸隔的問題等作爲材料者（例如用美國的工業中心地芝加各爲背景，寫工人的慘狀，一時風靡了英美讀書界的 Upton Sinclair 的 "The Jungle" 之類），幾乎無限，單是有關於這勞動對資本的衝突問題的作品，也就不止十種二十種罷。其中如英國的 William Tirebuck 之作 "Miss Grace of All Souls" 成於美國一個匿名作家之筆的 "The Breadwinners" 以及 Mary Foote 女士的 "Coeur d' Alène"，用紐約的飯店侍者的同盟罷工作爲骨子的 Francis R. Stockton 的 "The Hundredth Man" 等，就都是描寫同盟罷工而最得成功的通俗小說。

四　描寫同盟罷工的戲曲

復次，在戲曲一方面，以同盟罷工為主題的作品中，最有名的是蒿普德曼(Gerhard Hauptmann)的傑作，描寫那希壘細亞的勞動者激烈的反抗的織工(Die Weber)，這是歷來好幾回，由德文學的專門家紹介於我國了的，所以在這里也無庸再說罷。畢崙存(B. Bjoernson)的人力以上，則僅記得單是那前篇曾經森鷗外氏譯出，收在新一幕物裏；那後篇，雖然不及前篇的牧師山格那樣，但也以理想家而是他的兒子和女兒為中心，將職工對於資本家荷勒該爾的反抗運動當作主題的。在英吉利文學，則梭惠埤(Githa Sowerby)的"Rutherfold and Son"也是以罷工作為背景的戲劇；弗蘭希斯(J. O. Francis)的"Change"亦同。還有摩爾(G. Moore)的"The Strike at Arlingford"則寫詩人而且社會主義者的Jhon Reid在同盟罷業的紛擾中，受了戀愛的糾葛和金錢問題的夾攻，終至於失敗而服毒的悲劇；以作品而論，是不及畢崙存的。這些之外，又有美國盛行一時的作家克拉因(Ch. Klein)的"The Daughters of Men"。西班牙現存作家維特里該士

(I. F. Rodriguez)的"El Pan del Pobre"(窮人的麪包)，迭扇多(Joaquin Dicento)的著作"Juan José"丹麥培克斯忒倫(H. Bergstroem)的"Lynggaard and Co"法蘭西勃里歐的"Les Bienfaiteurs"(慈善家)等，殆有不遑枚舉之多，但以劇而言，爲最佳之作，而足與蒿普德曼的織工比肩的東西，則是英國現代最大的戲劇作家戈爾斯華綏的爭鬥(The Strive)。

爭鬥是描寫忒萊那塞錫器公司的同盟罷工的。公司的總務長約翰安多尼，是一個專橫，剛愎，貪婪無厭的人。工人的罷工已經六個月了，他卻冷冷地看着他們的妻子的啼飢，便是一毫一釐的讓步的意思也沒有。而對抗着的工人那一面的首領，又是激烈的革命主義者大衛羅拔茲。劇本便將這利害極端地相反，——但在那徹底的態度上，兩面却又有一脈相通的兩個人物，作爲中心而舒展開來。居這兩個强力的中間的，是已經因爲兩面的衝突而疲弊困憊了的罷工工人，以及勞動聯合的幹事。那一面，有重要人員從倫敦來，開會協議，則工人這一面也就另外開會，商量

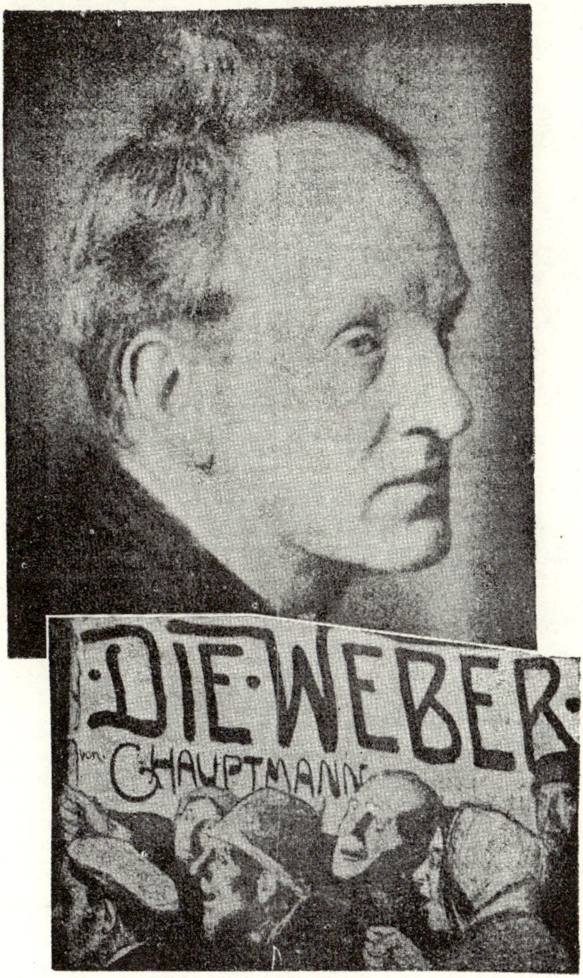

Gerhart Hauptmann

And the poster of "Die Weber".

調停的方法。恰巧略略在先，羅拔茲的妻因爲凍餓而死掉了。工人們中，本來早有一部分就暗暗地不以矯激的羅拔茲的主張爲然的，待到知道了這變故，這些人便驟然得了勢力，終於大家决議，允以幾個條件之下，妥協開工。工人們這一面便帶了這决議案，去訪公司的重要人員去。而那一面也已經開過會議，那結果，是冥頑的總務長安多尼因爲徹底地反對調停，恰已辭職了。

本是衝突中心人物的兩面的大將，都已這樣地敗滅了。當第三幕的最末，那枉將自己的妻做了犧牲而奮鬥，終至衆皆叛去的羅拔茲，和被公司要人所排擠的總務長安多尼，便兩人相對，各記起彼此的這運命的播弄，互相表了同情。

作者戈爾斯華綏要以這一篇來顯示資本家和勞動者的衝突之無益，那自然不待言，但同時也使人儘量省察，知道在資本主義的現狀之下，罷工騷擾是免無可免的事。對於問題，並不給與什麼解答，但使兩面都儘量地說了使說的話，儘量地做了使做的事，將這問題作爲現實社會的現象之一，而提示，暴露出來。將這各樣事情，在不能忘情於人生的問題的人們的眼前展開，使他們對於這大的社會問題，覺得不能置之不理，這戲曲之所以爲英國社會劇的最大作品的意義即在此。許多批評家雖說戈爾斯華綏的這篇是有蔦普德曼的影響的，然而那織工中所有的那樣煽動的處所，在這爭鬥裏却毫沒有。單是這一點，以沈靜的思想劇而論，戈爾斯華綏的這一篇不倒是較進一步麼，我想。末後的譏誚的場面，是近代現實主義的文藝的常例，故意地描寫人生的冷嘲的，織工的結末，也現出這樣的一種的譏誚來。

戈爾斯華綏的戲曲是照式照樣地描出現代的社會來。像培那特蕭那樣，爲了思想的宣傳，將對話和人物不恤加以矯揉造作的地方，一點也沒有。羅拔茲在勞動者集會的席上，痛駡資本家的話，總務長安多尼敘述資本家的萬能，一步也不退讓的演說，兩面相對，使這極端地立在正反對的利害關係上的徹底的非妥協的二人的性格，活現出來。還有，總務長安多尼的女兒當羅拔茲的妻將死之際，想行些慈善來救助她，而父親安多尼說的話是：「你是以爲用了你的帶着手套的手能够醫好現代的難病的。」(You think with your gloved hands you can cure the troubles of the century.)這些也是對於慈善和溫情主義的痛快的諷罵。

或者從算盤上，或者從感情，或者從道理，紅了眼喧嚷着的勞動問題，從大的人生批評家看來，那里也就有滑稽，有人情，鬚髯如戟的男子的怒吼着的背後，則可以看見在弱的女性的笑和淚；在冰冷的溫情主義的隔壁，却發出有熱的純理論的叫聲：在那里，是有着這些種種的矛盾的。從高處大處達觀起來，觀照起來，則今人的社會底生活和個人底生活，究竟見得怎樣呢？文藝的作品，就如明鏡的照影一般，鮮明地各式各樣地將這些示給我們。　那些想在文藝中，搜求當面的問題解決者，畢竟不過是俗人的俗見罷了。

爲藝術的漫畫

一　對于藝術的蒙昧

在許多年來，只煩擾于武士道呀，軍閥跋扈呀，或是功利之學呀等類的日本，即使是今日，對于藝術有着十分的理解和同情的人們還很少。尤其是或一方面的人們對于或種藝術的時候，不但是毫無理解，毫無同情而已，並且取了輕侮的態度，甚至于抱着憎惡之念，這從旁看去，有時幾近于滑稽。我且說說教育界的事，作爲一例罷。這社會，原也如軍閥一樣，是沒分曉的人們做窠最多的處所，他們一面拉住了無聊的事，喊着國粹保存，作爲自誇國度的種子，但連純粹的日本音樂，竟也不很有人想去理會，這不是古怪之至麼？懂得那單純的日本音樂之中最有深度的三絃的教育家，百人之中可有一個麼？只要說是祖宗遺留下來的，便連一文不値的東西也不勝珍重，口口聲聲嚷着日本固有呀，國粹呀的那些人們，并德川三百年的日本文化所產出的歌澤，長唄，常盤津，淸元（譯者註：上四種皆是謠曲的名目）的趣味也不知道，只以爲西洋的鋼琴的啸啸之聲是唯一的音樂的學校敎員們，不也是可憐人麼？即使不懂得三絃的收絃，還可以原諒，但是，現今的日本之所謂敎育家的對于演劇的態度，是什麼樣子呢?!即使說冥頑不可超度的校長和敎育家因爲自己不懂而不去看，可以悉聽尊便，但是連學生們的觀劇也要妨害，在學校則嚴禁類似演劇的一切會，那除了說是被囚于照例的無謂的因襲之外，無論從理論講，從實際講，能有什麼論據，來講這樣的話呢？囚于固陋的偏見的今之敎育家，對于藝術和敎育的關係，美底情操的涵養，感情敎育等，莫非連一回，也沒有費過思量麼？如果說費了思量，而還有在學校可以絕對禁止演劇的理由，那麼，就要請敎。我作爲文藝的研究者，在學問上，無論何時，對于這樣的愚論，是要加以攻擊，無所躊躕的。

又如果說，是只見了弊害的一面而禁止的，那麼，便是野球那樣的堂皇的遊戲，在精神底地，也有伴着輸贏的弊害，在具體底地，也未始不能說，並無因了時間和精力的消耗而生的學業不進步的惡影響。弊害是並非演劇所獨有的。要而言之，倘使頑愚的教育家從實招供起來，不過說，他們對于演劇有着怎樣的藝術底本質的事，是本無所知，但被因于歷來很熟的因襲觀念，當作乞兒的玩耍而已。除此以外，是什麼理由，什麼根據都沒有。苟有世界的文明國之稱的國度，像日本似的蔑視演劇的國，世界上那里還有呢？在美國的中學和大學，一到慶祝日之類，一定能看見男女青年學生們的假裝演技。有美國學藝的中樞之稱的哈佛大學，在校界內就有體面的大學所屬的劇場。英國的演劇，上溯先前，就是始于大學而發達起來的。雖如德國前皇那樣的人，于演劇，不是也特加以宮廷的保護的麼？法蘭西，那不消說，是有着堂堂的國立劇場的國度。在英國，不也如對于別的政治家和學者和軍人一樣，授優伶以國家的榮爵的麼？（爵位這東西之無聊，又作別論。）這些事實，在一國的文化教養之上，究竟有着怎樣的意義呢？又，作爲民衆藝術的演劇，是怎樣性質的東西呢？ 自以爲敎育家而擺着架子的人們，將這些事，略想一想纔是。如果想了還不懂，敎給也可以的。

二　漫畫式的表現

並非想要寫些這樣的事的。我應該講本題的漫畫。也如敎育家對于演劇和日本音樂的蒙昧一樣，一般的日本人，對于作爲一種藝術的漫畫，也彷彿見得毫無理解，加以蔑視似的。

在日本，一般稱爲漫畫的東西，那範圍很廣大。有的是對于時事問題的諷刺畫即cartoon，而普通稱爲「ポンチ繪」的caricature之類也不少。 但不拘什麼種類，凡漫畫的本質，都在于裏面含有嚴肅的「人生的批評」，而外面却裝着笑這一點上。那眞意，是悲哀，是諷罵，是憤慨，但在表面上，則有綽然的餘裕，而仗着滑稽和嘲笑，來傳那眞意的。　所用的手段，也有取極端的誇張法（exaggeration）的，這是在故意地增加那奇怪警拔（the grotesque）的特色。

譬如抓着或一人物或者事件，要來描寫的時候罷，如果單將那特徵誇大起來，而省略別的一切，則無論用言語，或用畫筆，那結果一定應該成爲漫畫。　畫一個竪眉的三角腦袋的比里堅（譯者註：Billiken 猶言小威廉，二十年前在美國流行一時的傀儡的名目），作爲寺內伯者，就因爲單將那容貌上的幾個顯著的特徵，被加倍地描寫了的緣故。　和這誇張，一定有滑稽相伴，從文學方面說，則如夏目漱石氏的小說哥兒，或者又如和這甚異其趣的迭更斯（Ch. Dickens）的滑稽小說壁佛克記事（The Pickwick Papers），即都不外乎用言語來替代畫筆的漫畫底的文學作品。本來，在文學上，滑稽諷刺的作品裏，這種東西古來就很多，從希臘的亞理士多芬納斯（Aristophanes）的喜劇起，已經可以看見將今日的漫畫，行以演劇的東西了。就是對于沛理克里斯（Pericles）時代的雅典政界的時事問題，加以諷刺的，是這喜劇的始祖。

大的笑的陰蔭裏，有着大的悲。不是大哭的人，也不能大笑。所以描寫滑稽的作者和畫家之中，自古以來，極其苦悶憂愁的人，憤世厭生的人就不少。作咱們是貓，寫哥兒時候的漱石氏，是極沈鬱的神經衰弱式的人；在這一點上，英國十八世紀的斯惠夫德（J. Swift）等，也就是出于同一的傾向的。倘不是笑裏有淚，有義憤，有公憤，而且有銳敏的深刻痛烈的對于人生的觀照，則稱爲漫畫這一種藝術，是不能成功的。因爲滑稽不過是包着那銳利的鋭鋒的外皮的緣故。見了漫畫風的作品，而僅以一笑了之者，是全不懂得眞的藝術的人們罷。

所以，誠實的，深思的人，喜歡漫畫的却最多，這一件事實，仿彿矛盾似的，而其實並沒有什麽矛盾。倘說，在世界上，最正經，連笑也不用高聲的，而且極其着實的實際底的人種是誰呢，那是盎格羅索遜人。像這盎格羅索遜人那樣，喜歡滑稽的漫畫的國民，另外是沒有的；即使說，倘從英國的藝術除去這「漫畫趣味」，即失掉了那生命的一半，也未必是過分的話罷。

三　藝術史上的漫畫

Caricature 這字，是起源于意大利的，但在英國，却從十七世紀頃就使用起。可是漫畫這東西的發源，則雖在古代埃及的藝術上，也留傳着兩三種戲畫的殘片，所以該和山岳一樣地古老的罷。在希臘羅馬時代的壁畫彫刻之類裏，今日的漫畫趣味的東西也很多，這是只要繙過西洋的美術史的人，誰也知道的。

再遲，進了中世，則和宗敎上的問題相關聯，這「漫畫趣味」即愈加旺盛。見于修道院的壁畫和建築裝飾之類者爲最多，　此外，則如中世傳說的最有名之一的「賫納闌狐」(Reineke Fuchs)，分明就是諷刺當時德國國情的一篇漫畫文學。　還有，中世傳說的「惡魔」，那不消說，總是冷酷的諷刺的代表者。又如「死」（畫作活的骸骨狀的），也都是中世藝術所遺留下來的漫畫趣味。那十五世紀的荷勒巴因（Hans Holbein）的名畫髑髏舞（Totentanz），就是這。描寫出「死」的威嚇地上一切人們的絕大的力來，極悽愴險巇之致，是在古今的藝術史上，開闢漫畫的一新紀元的大作。這樣子，在文藝復興期以後歐洲各國的藝術上，諷誡譏笑的漫畫趣味，惡魔趣味，遂至成了那重要的一部分了。

到近代，十八世紀大概可以說是在藝術上的漫畫趣味的全盛期罷。尤其是英國，在小說方面，這時正有斯惠夫德，斯摩列德（T. Smollet）或斐爾丁（H. Fielding）等，以被批評為卑猥或粗野的文字，來譏誚時代。當時，也正是伏耳波勒（Walpole）和畢德（Pitt）的政治，將絕好的題材盛行供給于漫畫家的時代，十八世紀的英國，正如文藝上的富于諷刺文字一樣，在繪畫史上，也留下許多可以稱為漫畫時代的作品來。

這英國的十八世紀的漫畫的巨擘，不消說，是威廉訶槩斯（William Hogarth 1697—1764）了。作爲近世的最大畫家的訶槩斯的地位，本無須在這里再說，但他于描畫政治上的時事問題，却不算很擅長；倒是作爲廣義的人生批評家，將當時的社會風俗人情來滑稽化了：留下許多不朽的名作。

畫苑的奇才訶槩斯的著作中，最有名的，是傑作時式的結婚（Marriage à la Mode）這六幅接續畫，現在珍藏在英國國立的畫堂中。因爲還是十八世紀的事，所以色采並不有趣，在筆意裏也沒有妙味。那特色，是在對于一時代的風俗的痛烈的譏嘲，諷刺；是在幾乎可以稱爲漫畫的生命的諷罵底暗示（Satirical suggestiveness）。所描寫的是時髦貴族既經結婚之後，夫婦都度着放蕩生活，失了財產，損了健康，女人做着不義事的當場，丈夫闖進來，却反爲姦夫所殺，女人則服毒而死的顚末。其他，訶槩斯所繪的妓女和蕩子的一生的連續畫中，也有不朽的大作。雖然間有很卑猥的，或者見得的殘忍，但設想的警拔和寫實的筆法，却和滑稽味相待而在漫畫史上劃出一個新的時期來。

從十八世紀至十九世紀，政治底諷刺畫愈有勢力了。爲研究當時的歷史的人們計，與其依據史家的嚴正的如椽之筆，倒是由這些漫畫家的作品，更能知道時代的眞相之故，因而有着永久的生命的作品也不少。就中，在克洛克襄克（George Cruikshank）的戲畫中，和政界時事的諷刺一起，訶槃斯風的風俗畫也頗多，眞不失爲前世紀繪畫史上的一大異彩。我藏有插入這克洛克襄克和理區的繪畫的舊板迭更斯全集，作爲迭更斯的滑稽小說的插畫，是畫以解文，文以說畫，頗有妙趣難盡之處的。

在千八百四十年，以專載漫畫諷刺的定期刊物，世界底地有名的"Punch"出版，英國第一流的漫畫家幾乎都在這誌上揮其健筆，是世人之所知道的。雖在日本語裏，也不知何時，傳入了「ポンチ畫」這句話，所以也巳經無須細說了罷。在前世紀，以漫畫家博得世界底名聲的斐爾美伊（Phil May 1864-1903），也就是在這

"Punch"上執筆的。

像那正經的英國人一樣，熱心地喜愛漫畫的，另外雖沒有，但法蘭西方面，有如前世紀的陀密埃（Honoré Daumier）的作品，則以痛快而深刻刺骨的滑稽畫，馳名于全歐。他有這樣的力，即用了他那得意的戲畫，痛烈地對付了國王路易腓力（Louis Phillippe），因此得罪，而成了囹圄之人。

四　現代的漫畫

巴黎的歌舞喜劇場有一句揭爲標語的臘丁文的句子。這就是 Castigat ridendo mores（以笑叱正世態）。這句話，是適用于喜劇和諷刺文學的，同時也最能表示漫畫的本質。不但時代和民族的特色，都極鮮明地由漫書顯示出來，即當辯難攻擊之際，比之大日報的佈了堂堂的筆陣的攻擊，有時竟還是巧妙的兩三幅漫畫有力得多。我就來談一點萊美凱司的作品，作爲最近的這好適例罷——

從十八世紀頃起，在漫畫界就出了超拔的天才的和蘭，當最近的世界大戰時，也產生一個大天才，將世界的耳目驚動了。在這回的大戰，和蘭是始終以中立完事的，但因爲有了這一個大漫畫家萊美凱司的辛辣的德皇攻擊的諷刺畫之故，據說就和將萬軍的援助給了聯合國一樣。因爲言語的宣傳，不靠翻譯，別國人是不能懂的，如果是繪畫，則無論那一國人，無論是怎樣的無教育者，也都懂得，所以將德皇的軍國主義，痛快地加以攻擊，至于沒有完膚的他的漫畫，遂成爲最有效驗的宣傳（propaganda），在世界各國到處，發揮出震動人心的偉力了。

萊美凱司在世界大戰的初期止，是一個幾乎不知名的青年畫家，到開戰之際，纔在海牙的稱爲電報通信這一種新聞上，登載了痛擊德皇的漫畫，一躍而博得世界底名聲了。在和蘭，因爲說他的作畫要危及本國的中立，是頗受了些攻擊的，但在聯合國方面的讚揚，同時也非常之盛。尤其是在英國的倫敦，且爲了他的作品特地開一個展覽會，以鼓吹反德熱；英法美諸國，都以熱烈的讚辭，獻給「爲眞理和人道而戰的這漫畫家」。 我自己這時在美國，繙着裝釘得很體面的他的漫畫集的大本，和美國的朋友共談，大呼痛快的事，是至今還記得的。

萊美凱司的畫裏，並無慘澹經營的意匠，倒是簡單的圖。這是極端地使用省筆法的，只在視為要害的地方，聚了滿身的力，而向殘虐的軍國主義加以痛擊。但總在何處含着譏嘲的微笑，將德皇的蠻勇化成滑稽的處所，是很有趣的。那熱，那嚴肅味，和那譏嘲相糾合，于是成了他的作品的偉力。 使法蘭西那邊的批評家說起來，萊美凱司的技巧，是不及近代許多英法漫畫界的巨匠遠甚，但他那抓住戲曲底境地（dramatic situation）的伎倆，則是不許任何人追隨的獨特者云。

美國人喜歡滑稽諷刺的漫畫之甚，只要看這是日刊新聞的主要的招徠品，就可知。以代表這一方面的新派的漫畫家而論，如紐約的德里比雍報的洛賓生（B.Robinson）氏，即是現今美國畫界最大的流行者之一罷。

在法蘭西，漫畫也有非常的勢力，所以如斐額羅報的福蘭（J. L. Forain）氏的時事漫畫，便在現今也已經當作不朽的作品，還有，並非新聞畫家，而是有名的漫畫家中，則有盧惠爾(André Rouveyre)，奇拔而出人意表之處，眞是極其痛快，無論怎樣的政治家，美人，名優，一觸着他的毒筆，便弄得一文不値。上了鉤的富人，也由不得不禁苦笑的罷。尤其是描畫婦女時，非揮了那幾乎可以稱爲殘忍的鋒利的解剖之筆，將她們醜化，便不放手，這態度，也有趣的。相傳還有奇談，說曾將一個有名的文豪的夫人，用了這筆法描寫，竟至于被在法庭控告哩。丹麥的評論家勃蘭兌斯 (G.Brandes) 曾評盧惠爾的作畫，說，「是用那野獸的玩弄獲物似的，滅裂地爪撕齒嚙，殘忍的描法的。」這確乎是適當的批評。尤其是將一個女優，從各種的位置和姿勢上看來，成了三十五張圖畫的那樣的手段，我想，倘沒有很精緻的觀察和熟達的筆，怕是做不到的工作罷。或者奔放地；或者精細地；或者剛以爲要用很細的線了，而却以用了日本的毛筆一般，將烏黑的粗線塗寫了的東西也有。而每一線，每一畫裏，又無不洋溢着生命的流，這一點，就是他人之難于企及的處所罷。

對于這盧惠爾，以及對于英國的畢亞波謨（Max Beerbohm）的漫畫，曾在拙著小泉先生及其他裏，添了那作品的翻印，稍稍詳細地介紹過，所以在這里就省略了。

五 漫畫的鑑賞

上面也已說過，漫畫的藝術底特徵，是盡于"grotesque"一語的。德國的美學家列普斯（Th. Lipps）說明這一語，云是要以誇張，醜化，奇怪，畸形化，來收得滑稽的效果。倘使這"grotesque"含有諷誡嘲罵攻擊的真意的時候，則無論這是文章，是演劇，是繪畫，是彫刻，便都成爲漫畫趣味的作品，而爲摩里埃爾（J. B. P. Molière）的喜劇，爲日本的即席狂言，爲諷刺小說，爲parody（戲仿的詩文），爲德川時代的川柳，爲葛飾北齋的漫畫，在文藝上，涉及非常之大的範圍了。

但是，這也是我們日常言語上所常用的表現法，例如稱錢夾子爲「蝦蟇口」，稱禿頭爲「藥罐」或「電燈」的時候，就是平平常常，用着以言語來代畫筆的漫畫。因爲這些言語，作爲暗比（metaphor）的表現，是被藝術底地誇張，畸形化了的，有時候，且也含有很利害的嘲罵之意的緣故。至于那「蝦蟇口」，則因爲現今已經聽得太慣了，所以我們也就當作普通的名詞使用着，再不覺得有什麼奇拔之感。學者說言語是「化石了的詩」的意義，也就在這里。

近來，在京都出了一回所謂瀆職案件；說是那時，檢事當糺問的時候，將各樣的人放在「豚箱」裏，于是人權蹂躪呀，什麼呀，很有了些嚷嚷的議論。那是怎樣的箱子呢，不知其詳；但那「豚箱」這句話，可不知道是誰用開首的，却實在用了很巧的表現。這並不是照字面一樣的關猪的箱或是什麼，不過是用了漫畫風的誇張和醜化的藝術底表現罷了。然而，爲了漫畫底的這一語，其惹起天下的同情和注意，較之一百個律師的長廣舌有力得遠，這是在讀者的記憶上，到現在還很分明的罷。

在西洋，有「人是笑的動物」這一句有名的句子，但日本人，是遠不及西洋人之懂得笑的。日本的文學和美術裏的滑稽分子，貧弱到不能和西洋的相比較，豈不是比什麼都確的證據麼？一說到滑稽，便以爲是鬬趣，或是開玩笑的人們，雖在受過像樣的敎育的智識階級裏面，現在也還不少。將嚴肅的滑稽，訴于感情的滑稽，這樣意味的東西，當作堂皇的藝術，而被一般人士所鑑賞，怕還得要許多歲月罷。所謂什麼武士道之流，動輒要矯揉那人類感情的自然的發達，而置重于不自然的壓抑底，束縛底的敎育主義的事，確也是那原因之一罷。只要寫着四角四方的不甚可解的文句，便對于愚不可及的屁道理，也不勝其佩服的漢子，縱使遇到了奇警的巧妙的漫畫底表現，也毫不動心者，明明是畸形敎育所產生的廢物。英國人是以不懂滑稽（humor）者爲沒有 gentleman 的資格，不足與共語的，那意思，大概邦人是終于不會懂得的罷。疏外了感情敎育藝術敎育的結果，總就單製造出眞的敎養

(Culture)不足的這樣鄙野的人物來。

跟着新聞雜誌的發達，在日本，近時也有許多漫畫家輩出了。尤其是議會的開會期中，頗有各樣有趣的作品，使日刊新聞的紙面熱鬧。較之去讀那些稱爲一國之選良的人們的體面的名論，我却從這樣的漫畫上，得到更多的興味和益處。但是，在始終只是固陋，冥頑，單將「笑」當作開玩笑或鬪趣的人們，則即使現在的日本出了陀密埃，出了斐爾美伊，這也不過是給猪的珍珠罷。

現代文學之主潮

一

去今五十年前，北歐的劇聖寄信給他的最大的知己勃蘭兌斯，用了照例的激越的調子，對於時勢漏出憤慨和詛咒之聲來。曰——

「國家是個人的災禍。普魯士的國力，是怎麼得來的？就因爲使個人沈淪於政治底地理底形體之下的緣故。……先使人們知道精神底關係，乃是達到獲得統一的唯一的路罷。只有如此，那自由的要素也許會起來。」

伊孛生寫了這些話之後約半世紀，受了稱爲「世界戰爭」這鐵火的洗禮，普魯士的國家主義滅，俄羅斯的專制政治倒；偶像破壞民本自由這些近世底大思想，在千九百十九年的可賀的新春，遂和「平和」一同占了最後的勝利了。在這樣的意義上，歐洲的戰亂，則是世界底的思想革命的戰爭。這世界，比起近世最大的戲劇作家伊孛生的頭腦來，至少要遲五十年。

我又想，這回的戰亂，是在前世紀以來的科學萬能的唯物思想走盡了路的最後，所發現出來的現實暴露的悲劇。然而在文藝，則代表着這物質主義的自然主義，早葬送在往昔裏，將近十九世紀末，已經作一大回轉，高唱着理想主義或神祕象徵這些新思想了。思潮早轉了方向，便是「科學的破產」的叫聲也已不足以驚人。在政治上，美國的威爾遜（W. Wilson）的理想主義頗促世界的注意，但二三十年前，在文藝上葬掉了自然主義的理想主義，人道主義或神祕主義，却久已成爲主潮了。赶在遲醒的俗衆前頭，詩人和藝術家，是在大戰以前，從二十世紀的劈頭起，就已經走着這新的道路的。

世上也誠有古怪的人們。一將文學比政治之類先進一二十年不足奇，有時還至於早五十年或一百年的話對他說，就顯出怪訝的臉來。也有些人，全然欠缺理解，即對於東西古今的文明史所顯示的這最爲明白的事實，也會以爲這樣的事未必有，這是文學家們的誇大的。

新的思想和傾向，無論何時，總被時運的大勢所催促，不知由來地發動起來。最初，是幾乎並無什麼頭緒的東西，也不具合理底形式。單是渺茫不可捉摸，然而有着可驚的偉大的力的一種心氣，情調，心情。是用了小巧所不能抑制禁壓，而且非到了要到的處所，是決不停止的奔流激湍似的突進力。將這當作跳躍着的生命的顯現看，也可以罷。於過去有所不慊，就破壞他，又神往於新的或物，勤求不已的不安焦躁之思，是做着這樣心氣的根本的。赶早地捉住了這心氣，這心情，將這直感，將這表現，反映出來的，就是文藝。即所謂一種的「精神底冒險」（spiritual adventure）。

詩人藝術家的銳敏的感性，宛如風籟琴一樣，和不定所從來的風相觸，便奏出神來的妙音。是捉到了還未浮上時代意識的或物，趕早給以新的表現的。先前的羅馬人，將那意義是豫言者的 Vates 這字，轉用於詩人，確有深的意味在。

二

我相信，歐洲文學因爲世界戰亂而受了直接的影響，現在就要走向新的道路的事，是斷乎沒有的。我想，不過向着戰前早經跨進一步了的神祕思想，理想主義，人道主義的路，更添了新的力而進行而已罷。因爲當一般俗衆沈溺於肉的時候，詩人和藝術家在戰前就早已想探那靈界的深淵；因爲埋掉了執滯於現實而不遑他顧的物質萬能的自然主義，兩脚確固地踏住了現實的地，他們先驅者的眼睛，已經高高地達到理想之境了。

前世紀末以來在歐洲的文壇上閎遠地作響者，是想要脫離物質主義的束縛的

「心靈解放」的聲音。使戰後的文學更增一層這主潮的力，更給那理想主義以一層加速度者，我想，大概就是這回的戰亂的及於世上一般人心的影響罷。

這回的大戰亂，是用了現代文明所有的一切的破壞力，扮演出來的悲劇。是掃除了一切虛僞和迷妄，造成使人復歸於「本然的自我」的絕好機會。五十年八十年這長期間的物質底努力所築成的許多東西，全都破壞，使歐洲人覺到了那功利唯物主義的空而又空。正如一個人，在垂死之際，或者置身於大悲哀大苦惱中時，便收了平時奔放着的心，誠實地思索人生，省察自己一樣，當大擾亂大戰役之後，用了鎮定而且沈著的態度試來一考究「生的問題」的傾向，萌發於人心中者，也正是事理之常。即使不舉先前的老例，就在從法蘭西革命後以至自然主義勃興時代的歐洲的民心，便分明地現着這樣的傾向。當這回戰亂時候，也早有許多人豫言過宗教上要興起新信仰，或則高唱宗教底精神的復活。 威爾士的勃立忒林氏的洞觀（Mr. Britling Sees it Through），神，莫見的王這些著作，很惹時人注目；一面則神祕思想的傾向愈加顯著；終於乃即對於洛倶（Oliver Lodge）和陀爾（Conan Doyle）之流的幽明交信之說，傾聽的人們也日見其多了。

我已經在別一機會說過，當戰亂間歐洲文壇實有秋風落莫之感。就一一的作品看來，可傳不朽的大的藝術品極其少。但是，這樣地進行一時受了阻止的文學，和戰後的上文所說似的民心的新傾向相呼應，在戰前以來的新理想主義上，將更添一層精采，則大概可以盼望的罷。

三

日本雖說是參加戰事了，但這大戰亂的苦患，却幾乎沒有嘗到。倒是將這當作意外的好機會，賺了一點點錢，高興了的人們頗不少。所以要說這回的戰爭對於日本將來的文學，會給與，或則助成什麼新傾向，那自然是不能的。有如那民本主義的思想，雖然作爲戰爭的直接的影響，將很大的影響給與我國一般的思想界，在文壇上，則早在十年前，當自然主義盛行的時候，已經是許多人們宣傳過的陳腐的東西了。無非這就以戰爭爲機會，惹了一般民衆的注意而已；日本的文學，是一直在前，就儼然帶着民本化的民衆藝術的性質的。就這一點而言，文壇確乎要比政治界之類早十年或五年。

但是，我將戰爭的直接影響這些事撇開，對於日本文壇的現在和將來，還有幾樣感想。

在或一時代的文學上，一定可以看見兩派潮流的。對於成爲本流，成爲主潮這一面的傾向，別有成爲逆流，成爲潛流而運行的流派。這一面，要向現實的中心突進，肉薄而達到那核仁的力愈强，則在那一面，和這正相反，對於現世生活想超越和逃避的要求也愈盛。這兩者一看似乎相矛盾，相背馳，而常是共立同存的事，在文藝史的研究者，是極有興味的現象。我以爲可以姑且稱其一爲文藝的求心底傾向，其他爲遠心底傾向。每一時代，這一面方是主潮本流之間，則那一派作爲逆流或潛流而存在；一進其次的時代，潛流於是代起，便成爲本流主潮了。

將東西的文藝史上屢見的這現象，移在我國近時的文壇上一想，則在可以稱爲自然主義全盛期的時候，別一面，就有傾向正相反的夏目漱石氏（尤其是那初期的作品）一派的藝術起來，和竭力要肉薄那現實生活的核仁的文壇的主潮完全正反對，鼓吹着餘裕低徊的趣味，現出對於現實生活的遠心底逃避底傾向。這一事，是其間有着深的意味的。就是一到其次的時代，這潛流即成爲本流而出現，超越了現實生活的逃避底遠心底的文學，分明見得竟成了近時文壇的本流了。

看看新出的新作家的作品，分明是不切於現實生活的居多。一時成了文壇的口號的所謂「觸着」之類的事，似乎全然忘却了。自然主義的特色的那肉底生活的描寫，已經廢止，更進一步而變了心理描寫的精緻的解剖，那是看得出來的；但是作家的態度，總使人覺得對於現實生活是很舒緩的超越底遠心底的模樣。即使不來列舉各個作家和作品的名，大約平素留心於新出小說的人，都該覺得的罷。我並非說：這樣的傾向是不行的。倒以爲是在走窮了的自然主義時代的現實底傾向之後，正該接着起來的當然的推移和反動。惟執此比彼，則覺得這變遷過於迅速地從這極端跑到那極端，文壇上昨是今非的變化之急激，是在今還是驚絕的。

我們日本人的生活，比起西洋人的來，總缺少熱和力。一切都是微溫，又不徹底。自然主義的現實底傾向，也沒有西洋那樣猛烈的徹底的東西，因此接着起來的傾向，也是熱氣很少的高蹈底享樂底態度的東西；要想更加深入，踏進幽玄的神祕思想的境地之類的事，恐怕盼不到。因爲必須是曾經淹溺於極深極深的肉的極底下者，這纔能活在靈裏的。

和這問題相關聯，還有想到的事，是日本近時的文壇和民衆的思想生活，距離愈去愈遠了。換了話說，就是文藝的本來的職務，是在作爲文明批評社會批評，以指點嚮導一世，而日本近時的文藝沒有想盡這職務。是非之論且不管，即以職務這一點而論，倒反覺得自然主義全盛時間，在態度上却較爲懇切似的。英法的文學，向來都和社會上政治上的問題密接地關係着，不待言了；至於俄德的近代文學，則極明顯地運用着這些問題的很不少，其中竟還有因此而損了眞的藝術底價値的東西呢。倘沒有羅馬諾夫（Romanov）王家的惡政，則都介涅夫，託爾斯泰，陀思妥夫斯奇，也都未必會留下那些大著作了罷。戰後的西洋文學，大約要愈加人道主義地，又在廣義的道德底和宗教底地，都要作爲「人生的批評」，而和社會增加密接的關係罷。獨有日本的文壇，却依然不肯來做文化的指導者和批評家麼？就要在便宜而且淺薄的享樂底逃避底傾向裏，永遠安住下去麼？

從藝術到社會改造

威廉摩理思的研究

No artist appreciated better than he the interdependence of art, ideas and affairs. And, above all, Morris knew better than anybody else that Morris the artist, the poet, the craftsman, was Morris the Socialist; and that conversel, Morris tbe Socialist was Morris the artist, the poet, the craftsman.—Holbroock Jackson, All Manner of Folk. P. I59.

一　摩理思之在日本

從現在說起來，已經是前世紀之末，頗爲陳舊的話了；從那以前起，在我國久爲新思潮的先驅者，鼓吹者，見重于思想界之一方的雜誌國民之友（民友社發行）上，曾經有過紹介威廉摩理思（William Morris）的事。現在已經記不眞確了，在那雜誌的彷彿稱爲海外思潮的六號活字的一欄裏，記得大概是因爲那時摩理思去世而作的外國雜誌的論文的翻譯罷。無論如何，總是二十二三年前的事，那時我是中學生，正是什麼也不懂，什麼也不能讀，却偏是渴仰着未見的異國的文藝的時候，仗着這國民之友，這纔知道了摩理思的裝飾美術和詩歌和社會主義。而且，那時還想賞味些這樣的作品，至今還剩在朦朧的記憶裏的那六號活字的摩理思論，怕就是現代英國的這最可注目的思想家，又是拉斐羅前派的藝術家的摩理思之名，傳到我們文壇上的最初的東西罷。

在我所知道的範圍內，就此後我國所見的摩理思論而言，則明治四十五年二月和三月份的美術新報上，曾有工藝圖案家富本憲吉氏于十幾個銅版中摹寫了摩理思的圖案，紹介過爲裝飾美術家的摩理思的半面。其時，我也因了富本氏的紹介而想到，就在同明治四十五年的東亞之光六月號上，稍爲詳細地論述過「爲詩人的摩理思」。爾來迄今八九年間，在英國，摩理思的二十四卷的全集已由倫敦的朗曼斯社出版，也出了關於作爲思想家，作爲藝術家的他的許多研究和批評。詩人特令克渥泰爾（J. Drinkwater）以及克拉敦勃羅克（A. Clutton-Brock）等所作，現在盛行于世的數種評傳不俟言；即如當前回的戰爭中，客死在喀力波里的斯各德（Dixon Scott）的遺稿文人評論中最後的一篇的那摩理思論，初見於一卷的書册裏面，也還是新近兩三年前的事。

自從近時我國的論壇上，大談社會改造論以來，由室伏高信氏、井箆節三氏，小泉信三氏等，摩理思也以作爲基爾特社會主義的先覺者而被紹介，而且寓他的新社會觀於故事裏的無何有鄉消息（News from Nowhere. 1891.）的邦譯，似乎也已成就了。我乘着這機會，要將那文藝上的事業，也可以說是所以使摩理思終至於唱導那社會主義的根源，來簡單地說一說。

二　迄於離了象牙之塔

從青春的時代，經過了壯年期，一到四十歲的處所，人的一生，便與「一大轉機」(grand climacteric) 相際會。在日本，俗間也說四十二歲是男子的厄年。其實，到這時候，無論在生理上，在精神上，人們都正到了自己的生活的改造期了。先前，聽說孔子曾說過「四十而不惑」，但我想，這大概是很有福氣的人，或者是蠢物的事罷。青春的情熱時代和生氣旺盛的壯年期已將逝去的時候，在四十歲之際，人是深思了自己的過去和將來，這纔來試行鎮定冷靜的自己省察的；這纔對於自己以及自己的周圍，都想用了批評底的態度來觀察的。當是時，他那內部生活上，就有動搖，有不滿，而一同也發生了劇烈的焦躁和不安。古往今來，許多的天才和哲士，是四十纔始眞跨進了人生的行路，而「惑」了的。這時候，無論對於思想生活，實際生活，決了心施行自已革命的人們，歷來就很不少。舉些近便的例，則有故夏目漱石氏，棄學者生活如敝屣，決意以創作家入世的時候，就在這年紀。還有島村抱月氏的撇了講壇，投身劇界，絕不睬衆愚的毀譽褒貶，而取了要將自已的生活達到藝術化的雄赳赳的態度，不也是正在這年紀麽？一到稱爲「初老」的四十歲，作爲生活的脈已經減少了的證據的，是所謂「發胖」，胖得團頭團腦地，安分藏身的那些愚物等輩，自然又作別論。

在近代英國的文藝史上，看見最超拔的兩個思想家，都在四十歲之際，向着相同的方面，施行了生活的轉換：乃是很有興味的事實。這就是以社會改造論者與世間戰鬥的洛思庚和摩理思。

對於自己和自己的周圍，這樣的思想家和藝術家射出銳利的批評的眼光去的時候，而且遇到了生活的根本底改造的難問題的時候，他們究竟用怎樣的態度呢？離開詩美之鄉，出了「象牙之塔」的美的世界，和衆愚，和俗衆，去携手亂舞的事，是他們所斷然不欲爲，也所不忍爲的。於是他們所取的態度，就是向着超越逃避了俗衆的超然的高蹈底生活去；否則，便向了俗衆和社會，取那激烈的挑戰底態度：只有這兩途而已。遁入「低徊趣味」中的漱石氏，倒和前者的消極底態度相近。和女伶松井氏同入劇壇，而反抗因襲道德的抱月氏， 却是斷然取了積極底的戰鬥者(fighter)的態度的罷。洛思庚和摩理思棄了藝術的批評和創作，年四十而與世戰，不消說，是出於後者的積極底態度的。兩人的態度都絢爛，輝煌，並且也凜然而英勇。稱之爲嚴飾十九世紀後半的英國文藝史的二大壯觀，殆未必是過分之言罷。

洛思庚年屆四十，從純藝術的批評，轉眼到勞動問題社會批評去，先前巳經說過了（參考出了象牙之塔第十四節）。自青年以至壯年期，委身於詩文的創作和裝飾圖案的製造，繼續着藝術至上主義的生活， 在開倫司各得的美麗的莊園裏，幽棲於「象牙之塔」的摩理思，從千八百七十七年頃起，便提倡社會主義，和俗衆戰鬥，成了二十世紀的社會改造說的先覺， 也就是走着和洛斯庚幾乎一樣的軌道。

William Morris.

Aged 41.

如他自認，摩理思在這一端，倒還是受了洛斯庚的指教的。

三　社會觀與藝術觀

西洋的一個大膽的批評家，會經論斷說：近代文藝的主潮是社會主義。我以為依着觀察法，確也可以這樣說。在前世紀初期的羅曼派時代，已經出了英國的抒情詩人雪萊（P. B. Shelley）那樣極端的革新思想家了；此後的文學，則如俄國的都介涅夫（I. Turgenev），託爾斯泰，還有法國的雩俄（V. Hugo），左拉（E. Zola），對于那時候的社會，也無不吐露着劇烈的不滿之聲。只有表現的方法是不同的，至于根本思想，則當時的文學者，也和馬克思（K. Marx），恩格勒（F. Engels），巴枯寧（Bakunin）懷着同一的思路，而且這還成了許多作品的基調的：這也是無疑的事實。但是，這社會主義底色彩最濃厚地顯在文藝上，作家也分明意識地為社會改造而努力，却是千八百八十年代以後的新時代的現象。

一到這時代，文藝家的社會觀，已並非單是被虐的弱者的對於强者的盲目底的反抗，也不是渺茫的空想和憧憬；他們已經看出可走的理路，認定了確乎的目標了。當時的法蘭斯（A. France），默退林克（M. Maeterlinck），戈理基（M. Gorky），啟蘭特（A. Kjelland），以及好普德曼（G. Hauptmann），維爾迦（G. Verga），就都是在這一種意義上的眞的「爲人生的藝術家」。

這個現象，在英國最近的文藝史上就尤其顯。仍如我先前論英國思想界之今昔的時候說過一樣（我的舊著小泉先生及其他三〇九頁以下參照），這八十年代以後，是進了維多利亞朝後期的思潮轉變期。就是，以前的妥協調和底的思想已經倒壞，英國將要入於急進時代的時候；在貴族富豪萬能的社會上，開始了動搖的時候。尤其是千八百八十五年，英國的產業界爲大恐慌所襲，爲工貲下落和失業問題所煩，是勞動問題驟然旺盛起來的時候。——我常常想，近時日本的社會和思想界的動搖，似乎很像前世紀末葉的英國。——上回所說的吉辛的小說平民的出現，就在這後一年。（描寫勞動問題的文學參照。）

在這世紀末的英國文壇上出現，最爲活動的改造論者，就是培那特蕭(Bernard Shaw)和威廉摩理思。蕭在那時所作的小說，和後來發表的許多的戲曲，其中心思想，就不外乎社會主義。他被馬克思的資本論所刺戟，又和阿里跋爾（Olivier）以及曾來我國，受過日本政府的優待的惠勃（Webb）等，一同組織起斐比安協會來，也就在這時候。要研究歐洲現存大戲曲家之一的蕭的作品，是不可不先知道爲社會主義的思想家的蕭的。然而我現在並不是要講這些事。

但是，在當時英國文壇的社會主義的第一人，無論怎麼說，總還是威廉摩理思。

到四十歲時候止，即在他的前半生，摩理思是純然的藝術至上主義的人，又是一種的夢想家，羅曼主義者。但在別一面，也是活動的人，努力的人，所以對于現實生活的執着，也很强烈。一面注全力於詩歌和裝飾美術的製作，那眼睛却巳經不離周圍的社會了。後年他所唱道的社會主義，要而言之，也就是以想要實現他懷抱多年的藝術上的理想的一種熱意，作爲根柢的；終于自己來統率的那社會民主黨，在當時，比起實際底方面來，也還是及於思想界的影響倒更其大。

摩理思原是生在富豪之家的人，年青時候以來，便是俗所謂「愛講究」的人物。相傳他初結婚，設立新家庭時，購集各樣的器具和裝飾品，而市上出售的物品，則全是俗惡之至的單圖實用的東西，能滿足自己的趣味的竟一件也沒有。從這些地方，他深有所感，後來遂設立了摩理思商會，自己來從事于裝飾圖案的製作。在壁紙，窗幔，刺繡，花紋，以及書籍的印刷裝釘等類的工藝這一面，摩理思的主義，就在反抗近代的營利主義即 Commercialism，而以藝術趣味爲本位，來製造物品。近代的機械工廠使一切工藝品無不俗化，甚至于連先前以翫賞爲主的東西，現在也變了實用本位，原來愛其珍貴的東西，現在也以爲只要便宜而多做就好了。先前的注心血于手藝而製作的東西，現在却從大工廠中隨隨便便地一時做成許多，所以那作品上並無生命，也沒有趣味。只有絕無餘裕的，也無享樂心情的，極其醜劣俗惡的近代生活，這樣地與「詩」日見其遠，而化爲無味枯淡的東西。這在天生的富于詩趣的人，是萬不能耐的。摩理思的立意來做高尙雅緻的圖案和花紋，爲顯出純粹的美的采色配合計，則不顧時間和勞力，也不顧價錢的眞的工藝美術的自由的製作，就完全因爲要反抗那俗惡的機械文明功利唯物的風潮之故。使染了煙煤的維多利亞朝晚期的英國，開出美麗的羅曼底的藝術之花，其影響更及于大陸各國，在現代歐洲一般的美術趣味上，促起一大革新者，實在是摩理思的偉績。一想這些事，則在他自已所說「無藝術的工藝是野蠻，無工藝的人生是罪惡」(Industry without art is barbarity; life without industry is guilt) 的話裏，也可以看出深的意義來。

從勞動者這一方面想，則在今日的機械萬能主義資本主義之下，於勞動生活上也全然缺着所謂「生的歡喜」(Joy of Life) 這回事。因爲勞動者毫沒有自由的自己表現的餘地的緣故。因爲沒有從創造創作的自由而來的歡喜，換了話說，就是因爲沒有藝術生活，所以人們就在倘不自行變爲機械，甘受機械和資本的頤指氣使的奴隸，便即難于生存的不幸狀態中。而且這不幸，又不獨在無產者和勞動階級，即在富人，也除了殺風景的粗惡的物品之外，都雖需求而無得之之道。他們除了化錢買得些無趣的粗製濫造的物品之外，也不過徒然增加些物質上的富而已。

要改造這樣慘澹的不幸的生活，首先着眼于今日的社會組織的缺陷者，是洛斯庚；受了他的啟發，百尺竿頭更進一步的，是摩理思。摩理思是作爲工藝家，而將洛斯庚在論述中世建築的名著威尼斯之石（尤其是題作戈錫克的性質這一章）裏所說的主張，即藝術乃是人之對於工作的歡喜的表現（the expression of man's joy in his work）之說，提到實際社會裏去的。他以爲倘要將勞動，不，是幷生活本身都加以藝術化，則應該造出一個也如中世一樣，人們都能够高興地，自由地，享樂到製作創作的歡喜的社會。免去了强制和壓抑，置重于勞動者的自由和個性的表現的組織，是他作爲社會改造論的根本義的。他說，「一切工作，都有做的價值。一做，則雖無任何報酬，單是這做，便是快樂。」他自己，是如此相信，如此實行的人。又在他描寫 Communism 的理想鄉的小說無何有鄉消息第十五章中，主要人物哈蒙特在得到「對於好的工作，也沒有報酬麼」這一個質問時，所回答的話，也是有趣的——

"'Plenty of reward', said he, 'the reward of creation. The wages which God gets, as people might have said time agone. If you are going to ask to be paid for the pleasure of creation, which is what excellence in work means, the next thing we shall hear of will be a bill sent in for the begetting of children'"

—*News from Nowhere*, P. 101.

爲藝術家的摩理思，和洛斯庚一樣，一向就是熱心的中世愛慕者。而十三四紀的社會，尤其是描在他想像上的樂園，也是詩美的理想境。那時的盧凡和惡斯佛這些街市，也不是今日的工業都市似的醜穢的東西，是藉了各各自樂其業的工人之手所建造的。便是一點些小的物品，也因爲表現着勞動者的歡喜，所以都帶着趣味和興致，有着雅致和風韻。

這尊崇中世的風氣，卽Mediaevalism，本來是作爲鼓吹新氣運于那時英國文藝界的拉斐羅前派，尤其是羅舍諦（D. G. Rossetti）等的藝術的根柢的，摩理思從在惡斯佛大學求學的時候起，便和這一派的畫家瓊斯（E. Burne-Jones）等結了傾蓋之交，一同潛心於中世藝術的研究。然而羅舍諦的中世主義，也如在日本一時唱道過的江戶趣味復活論一樣，是高蹈底的純藝術本位的東西，而洛斯庚的，也有太極端地心醉中世的傾向。但摩理思的主張和態度，則是較之羅舍諦們的更其實際化，社會化，又除去了南歐趣味而使英國化，使洛斯庚更其近代化了的東西。然而往來于摩理思的腦裏者，也還不是煤煙蔽天的近代的倫敦，而是十四世紀的權賽（G. Chaucer）時代的都會「泰姆士的淸流，迴繞着碧綠的草地，微微地皓白淸朗的倫敎。」將他的社會改造的理想，託之一篇夢話的散文著作無何有鄉消息裏，就是描寫那人們都愛中世建築，穿着中世的衣服的美境的。

出了「象牙之塔」以後的摩理思，在社會運動的機關雜誌公益(Commonweal)上執筆，又和 The Social Democratic Party 創立者這一個矯激的論客哈因特曼(H.M.Hyndman)共事，復又去而自己組織起 The Socialist League 來，在他的後半生，所以爲社會改造而雄赳赳地奮鬥者，要而言之，他的藝術觀就是那些事情的基礎。

現代人的生活的最大缺陷，是根基於現代的資本主義營利主義。先前在修道院中勞動的修士們，以爲「勞動是祈禱」(Laborare est orare)，用了嘉勒爾(Th. Carlyle)所說似的，即使做一雙靴，也以虔敬的宗教底的心情作工。還有，古人也說過，「勞動是歡樂」(Labor est voluptas)。這就因爲那製作品，是製作者的自由的生命的所產的緣故。這樣子，要討回現代人的生活上所失去的「生的歡喜」來，首先就得根本底地改造資本主義萬能的社會。摩理思就是從這見地出發的。

他是始終活在自己的信念和希望裏的人。登在雜誌公益上的詩篇，他自題爲"The Pilgrims of Hope"（這詩的一部分，收在後文要講的途上吟裏），摩理思自己，無論何時，就是「希望的朝拜者」。晚期的著作中的一篇，歌詠那和無何有鄉消息裏所描寫的同一理想的社會道——

For then, laugh not, but listen to this strange tale of mine,
All folk that are in England shall be better lodged than swine.

Then a man shall work and bethink him, and rejoice in the deeds
of his hand,
Nor yet come home in the even too faint and weary to stand.

Men in that time a-coming shall work and have no fear
For to-morrow's lack of earning and the hunger-wolf anear.

I tell you this for a wonder, that no man then shall be glad
Of his fellow's fall and mishap to snatch at the work he had.

For that which the worker winneth shall then be his indeed,
Nor shall half be reaped for nothing by him that sowed no seed.

O strange new wonderful justice! But for whom shall we gather
the gain?
For ourselves and for each of our fellows, and no hand shall labour
in vain.

Then all Mine and all Thine shall be Ours, and no more shall any
man crave
For riches that serve for nothing but to fetter a friend for a slave.

—The Day is Coming.

(Poems by the Way. p. 125.)

最後說——

Come, join in the only battle wherein no man can fail,
Where whoso fadeth and dieth, yet his deed shall still prevail.
Ah! Come, cast off all fooling, for this, at least, we know:
That the Dawn and the Day is coming, and forth the Banners go.

——Ibid.

這些鼓舞激勵之辭，也就是他自己和世間戰鬥的進行曲。

他用理想主義的藝術，統一了自己的全生活。那不絕的勇猛精進的努力，不但在詩歌而已，雖在家具的製造上，書籍的印刷上，窗戶玻璃的裝飾上，以至在晚年的社會運動上，也無不出現，而一貫了那多方面的生涯的根本力，則是以藝術生活為根柢的。

四　為詩人的摩理思

他在前半生不遑言，雖到晚年，當怎樣地忙碌於社會運動的時候，也沒有拋掉詩筆，在創作上，在古詩的翻譯上，都發揮出多方面的才藻來。而且還將只要英文存在，即當不朽不滅的許多文藝上的作品，留給人間世。

摩理思的處女作是稱爲 "Defence of Guenevere and Other Poems" 這東西。這詩集的出版，是千八百五十八年，即摩理思二十四歲的時候。這也就是以羅舍諦爲領袖的拉斐羅前派的戈錫克趣味的詩歌出現於文壇的先鋒，但究竟因爲是奇古幽邃的中世趣味，所以不至於驟使一般的世人聳動，然而早給了那時的藝苑以隱然的感化，却是無疑的了。即如賽因斯培黎（G. Saintsbury）教授，就說正如迭儀生（A. Tennyson）的初作，區劃了維多利亞朝詩歌的第一期一樣，摩理思的這詩集，是開始那第二期的。集中最初的四篇，雖然都取材於阿賽王的傳說，但和迭儀生的王歌（The Idyls of the King）一比，則同是咏王妃格尼維亞，同是敘額拉哈特，而兩者却甚異其趣。第一，是既沒有迭儀生那邊所有的道學先生式的思想，也看不見維多利亞朝的英國趣味一類的東西。摩理思的詩，是全用了古時的自由的瑪羅黎式做的，以情熱的旺盛，筆致的簡勁素朴爲其特色。再說這詩集裏的另外的詩篇，則除了取材于英國古史或中世故事的作品外，在歌詠摩理思所獨創的詩題的東西裏面，的確多有不可言語形容的幽婉的，神祕底夢幻底之作。而且一到這些地方，還分明地顯現着美國的坡（Adgar Allan Poe）的感化，使人覺得也和法國的波特來爾（C. Baudelaire）及以後的神祕派象徵派詩人等，是出于同一的根源的。現在且從這類作品中引一點短句來看看罷。因爲言語是極簡單的，所以也沒有翻譯出來的必要罷。

'I sit on a purple bed,
Outside, the wall is red,
Thereby the apple hangs,
And the wasp, caught by the fangs,
Dies in the autumn night,

And the bat flits till light,
And the love-crazed knight,
Kisses the long, wet grass,

—Golden Wings.

"Between the trees a large moon, the wind lows
Not loud but as a cow begins to low,"

"Quiet groans
That swell not the little bones
Of my bosom,"

—Rapunsel.

其次發表的詩篇，是約森的生涯和死（Life and Death of Jason），也是夢幻底的作品，但和先前的處女作，却很兩樣，而是頗爲流麗明快的詩風。這是無慮一萬行，十七篇的長篇的叙事詩，取荷馬以前的希臘古傳說爲材料的。現在說個大要，則起筆於約森的幼年時，此後即叙述到了成年，便率領許多勇士，棹着「亞爾戈」的快艦，遙向那東方的珂爾吉斯國去求金羊毛，便上了萬里遠征的道路。途中經過許多冒險，排除萬難，終於得達他所要到的東方亞細亞的國度裏了。那國王很厚待約森，張醼迎接他。那時候，美麗的公主梅兌亞始和約森相見，但從此兩人便結了熱烈的思想之契了。但是王使公主傳命，說是倘要得我所有的金羊毛，即須先一賭自己的生命。就是先駕兩匹很大的牛，使牠們耕地，種下「惡之種」即龍蛇的牙齒去，從這種子裏，便生出周身甲胄的猛卒來，倘能殺掉他們，保全自己的性命，你便得到金羊毛了。約森仗着公主梅兌亞的魔術的帮助，竟得了金羊毛，兩人便相携暗暗地逃出珂爾吉斯國，歸途中仍然遇到許多危難，也終於回到了故國。此後約森十年間，相安沒有事，但成爲悲劇的根源的大事件，竟也開首了。這非他，就是約森捐棄了梅兌亞，而另外愛慕着別人——格羅希公主。梅兌亞因怒如狂，仍用魔術致死了戀愛之敵的那公主，還致死了親生的兩兒，自己則駕着龍車，馳向雅典去。單身剩下的約森，從此以後，便爲憂鬱所囚，在甚深的悲戚裏死掉了。這故事，早見于荷馬（的史詩）中，又因了後來賓達羅斯（Pindaros）阿闢條斯（Ovidius）歐里辟台斯（Euripides）綏內加（Seneca）這些詩人的著作，再晚，則法蘭西的珂爾內游（P. Corneille）的名篇，爲世間所通曉。但摩理思却巧妙地使這古代傳說的人物復活，仗着他豐麗的叙述，使他們生動于現代的舞臺上，那妙趣，是往往非他處所能見的。尤其是叙風景，寫動作，均有色彩之美，令人常有覺得如對名畫的地方。尤其是叙約森的開船的光景，叙珂爾吉斯王的宮殿這一節，或者約森終得羊毛而就歸路之處，以及將近結末的悲壯的幾章，都確是近代英詩的最爲秀拔的罷。詩律，是全用五脚對聯這一體的，而然毫無單調之弊，這也是所以博得一世的稱讚的原因。

因這約森的歌，纔得到許多讀者的摩理思，接着就將他的一生的傑作地上樂園（The Earthly Paradise）四卷發表，他在詩壇的地位，便成爲永久不可動搖的了。其中所詠的故事的數目，一共二十四篇；十二篇採自古典文學，別的一半，是從中世傳說得來的。說起全體的趣向來，就是古時候，北歐的有些人，爲要避本地的迭連的惡疫，便一同去尋覔那相傳在西海彼岸的不老不死的仙鄉「地上樂園」去，飄浮在波路上面者好幾年。然而，不但到不得樂園，還因爲塗上的許多冒險，連一行的人數也減少了，那困憊疲勞之狀，眞是可憐得很，于是到了一個古舊的都城。這是從遙遠的希臘放逐出來的人們所建造的；大家受了分外的歡待，一年之間，每月張兩回醼，享着美酒佳肴，主客互述古代的故事，這就是地上樂園的結構。所以在這作品裏面，北歐的古傳說，是與法蘭西系統的中世傳說，德意志晚期的故事相錯綜，出于"Nibelungenlied" "Edda" "Gesta romanorum" 等的詩材，一面又交錯着「亞爾綏思諦斯之戀愛」「愛與心」「阿泰蘭陀」等的希臘神話，北歐則與希臘，古代則與中世，互相對照映發，那情趣宛然是在初花的色采的耀服中，加以秋天紅葉的以沈著勝的顏色。卷中的二十四篇各有佳處，驟然也很難下優劣的批評，如賽因斯培黎敎授，則以 "The Lovers of Gudrun"（這是從北歐傳說採取的很悲哀的故事，相傳羅舍諦也特別愛讀的）這一篇爲壓卷。但我自己以爲最好的，是從夏列曼傳說中採取材料的"Ogier the Dane"的故事（在第八月這一條裏），這是講曾經去到阿跋倫島的仙鄉的勇士烏琪亞，再歸人間之後的事的，將中世故事中照例習見的和女王的戀愛以及英勇的事跡，美麗地歌詠着。如當勇士出征的早晨，女王在那邊所歌的別離之曲等，將纏緜的情思，託之沈痛的聲調中，殊有不可名言之趣。本想將這些一一引用，詳細地加以紹介的，但現在因爲紙面有限，就省略了。

摩理思的詩，最有名的大概就是上述的兩種，但他于文藝上的貢獻，特爲顯著的東西，則是北歐傳說的研究。他自已就親往愛司蘭（譯者註：或譯冰地）兩回，去調查那古說(Suga)。結集在那"Edda"裏的北歐傳說，從十八世紀末年羅曼的趣味興起的時候起，本已漸將著大的感化，　給與英國文學的了；首先出現於司各得(Percy Scott)等的述作以來，翻譯和解說的書籍就出的頗不少。而且，說到這北歐傳說的特徵，則在極透徹地表現了原始時代的北方民族的氣質這一點上；在故事裏出現的人物，都有剛勇精悍之氣，不但男子，女子也有着鐵石一般的心，厚于義，富于情；愛憎之念極其强，而復仇雪恥之心尤盛，爲了這，雖恩愛之契也在所不顧的：眞有秋霜烈日似的氣概。這些處所，不知怎地很有些和我國鎌倉時代的武人相髣髴的。想起來，愛司蘭是磽确不毛之地，雪山高峙于北海的那邊，沸湧的硫黃泉很猛烈，四季大抵鎖于晦冥的霧中的一個孤島，「地」于是自然化「人」，造成上面所講那樣的民族性了。還有，一面又和饒有詩情的這民族的本性相合，遂也成爲那富于奇峭之美的傳說。嘉勒爾曾經說，「與在一切異教神話一樣，北歐神話的根本也在認得自然界的神性。換了話說，即不外乎在四圍的世界裏活動的神祕不可解的力，和人心的眞摯的交涉，北歐神話之所以殊勝，全在這一點。見於古希臘那樣的優雅的處所是沒有的，但却有熱誠眞摯這些特徵，很補其缺陷。」（英雄崇拜論）十九世紀羅曼派的諸詩人，醉心於這傳說之美，在這里求詩材者很多，是無足怪的。摩理思的作爲這研究的結果而發表的，是敘事詩 "Sigurd the Volsung"（一八七六）

的譯本計四卷。讀書界自然沒有送給他先前迎取地上樂園時候那樣的讚美，但這一篇譯詩，以英詩所表現的北歐文學的產物而論，却不失爲不朽之作。

摩理思的北歐研究的結果，此外又爲古詩 "Beowulf" 的翻譯（一八九七）；也見於晚年所作的散文詩和故事中。文體是摹擬十五世紀頃的古文的，仿效瑪羅黎的散文那樣的奇古之體，用語也尤其選取北歐語原者。其中竟有非常奇特的，例如cheaping-stead (market town), song-craft (poetry), wood-abiders (foresters) 等，從純正語的論者，定是有了責難罷，但我以爲在傳達羅曼底的一種趣味上，能有功效，是無可疑的。敘古昔日耳曼民族漂浪於北歐森林中，而發揮他們殺伐精悍的特質的時代，連衣服兵械之微，也並不罣漏地活潑潑地寫出那光景來的妙味，除了司各得的歷史小說之外，怕別的再沒有能和摩理思比肩的了。慓悍的武人拜了天地神祇去赴戰陣的情形，或正當謳歌宴舞中，灑一滴美人的紅淚，這些巧妙地將讀者的心，牽入過去的美的世界裏去的處所，我以爲司各得和摩理思，殆可以說是「異曲同工」的。

讀約森的生涯的歌，尤其是又緇地上樂園這名著者，就會覺得作者摩理思，是確從詩祖權賽的抗泰培黎故事（Canterbury Tales）受了偉大的感化的罷。不特一見摩理思的簡潔明快的叙述，便省悟到他那天禀的詩才的近於權賽，即從趣向上，從詩材上，從用語上，又從取了希臘羅馬的故事使他中世化這一點上，也就知道那方法，是學於權賽有怎樣的多了。

我講到這事的時候，卽不能不想起從他自己經營的開倫司各得出版所所印的權賽的詩卷來。這是從活字，裝釘，以至一切，都竭盡了風雅的籌畫，在那古雅的裝製和印刷上，毫無遺憾地發揮着摩理思的意匠圖案之才的。近代藝苑的一巨擘，爲要印自己所崇敬的古詩人的著作，累積苦心，乃成了那極有風韻的一卷書，只要單是一想到，在我們之輩，就感到其中有說不出的可貴。

摩理思者，並不是在地上樂園卷首的自序裏所說那樣的 "The idle singer of

an empty day”，也不是“Dreaner of dreams, born out of my due time”。他在活在夢幻空想的詩境中的別一面，又有着雄赳赳的努力，上文已經說過了，這在他最後的詩集途上吟（Poems by the Way. 1891.）裏，顯現得最明白。

這一卷，是從他初期的創作時代起，以至投身於社會運動的晚期爲止的短篇中，選錄了五十篇的本子；從創作的年代方面說，從題目方面說，都聚集着種種雜多的作品的，其中關於勞動問題社會運動的詩篇，是他奔走於實際的運動之間所作，藝術底價值怎樣，又作別論，在要知道爲社會主義詩人的摩理思的人們，却是頗有興味的東西罷。又如“The Voice of Toil”“All for the Cause”“The Day is Coming”“The Massege of the March Wind”等，在摩理思的作品中，以明明白白地運用於社會問題的文字而論，也是可以特筆的。

五　研究書目

關於摩理思的藝術觀和社會觀，正想較爲詳細地寫一點，忽被痼疾的胃病所襲，從前星期起便躺在牀上，全不能執筆了。只得將現在座右的關於摩理思的參考書籍，勉强紹介上，以供好學之士的參考罷。

摩理思的全集，是以他的女兒May Morris所編纂，有她的序文的Collected Works, 24 vols, Longmans, Green & Co. 作爲標準的；和詩篇散文的諸著作，都是朗曼斯社出版，也能得到各樣裝釘的單行本。

傳記最確，最詳，而且別的許多傳記家，都從中採取材料者，是The Life of William Morris. By J. W. Mackail, 2 vols. 這因了插畫和裝釘之差，有三種版本。他的社會運動的事，在第二卷裏詳細地寫着。

評傳是麥克密蘭社的文人傳中，現代的詩人諾易斯所作，只有百五十頁的簡單的一本最扼要；他的社會改造論的事，見於此書第八章。

William Morris. By Alfred Moyes. (Macmillan's English Men of Letters.)

又，家庭大學叢書中也有

William Morris; His Work and Influence. By A Clutton-Brock.

(London, Williams and Norgate.)

這因爲室伏氏已經在雜誌批評上引用過，所以從略。要知道裝飾藝術以外的方面的摩理思，是最便當的好著作。

但是要知道爲思想家藝術家的摩理思，則式凱爾印行的近世文人傳叢書之一的

William Morris, a Critical Study. By Jhon Drinkwater.

(London, Martin Secker.)

是好的。著者 Drinkwater 氏不但是現今英國新詩壇的第一人，批評的方面也有好著作。這人的評論集 "Prose Papers" (Elkin Mathews 出版) 裏面，就也有摩理思

論。

還有，論摩理思的社會主義的，則有因爲馬克思論這一種著作，在日本已經大家知道的斯派戈的書——

The Socialism of W. Morris, By Jhon Spargo.

Westwood, Mass. The Ariel Press.

此外有——

W. Morris, a Study in Personality. By Arthur Compton-Rickett.

With an Introduction by Cunninghame-Graham. (Herbert Jenkins.)

這書和普通的傳記異趣，倒是竭力要活寫爲人，爲藝術家的摩理思全體的，計分人物，詩人，工藝家，散文作家，社會改造論者五篇，是從各方面都明快地加以論述的佳作。

又，以評壇的新人物出名的 Holbrook Jackson 的摩理思傳，也是大家知道的單行本。

W. Morris, His Writings and Public Life. By Aymer Vallance. (Bell & Sons. 1897.)

這書現在我的手頭沒有，但記得插畫似乎非常之多。

還有並非傳記一類，而論摩理思或是記述的東西，則有——

Clough, Arnold, Rossetti, & Morris; a Study. By Stopford A. Brooke. (London; Sir Isaac Pitman & Sons.)

Men of Letters. By Dixon Scott. (Hodder and Stoughton.)

Memorials of Edward Burne-Jones. By Lady Burne Jones.

All Menner of Folk. By H. Jackson. (Grant Richards.)

Views and Reviews. By Henry James. (Boston: the Ball Pub. Co.)

Twelve Types. By G. K. Chesterton.

Corrected Impressions. By George Saintsbury.

Adventures among Books. By Andrew Lang.

Shelburne Essays, 7th Series. By Paul Elmer More.

此外見于雜誌的評論之類，在這里都省略了。正值日本的思想界的注意，要從Marxism進向摩理思的藝術底社會主義的時候，意以爲或者可供些怎樣的參考，我便在病牀上試作了這參考書目。

補遺——

William Morris and the Early Days of the Socialist Movement. By J Bruce Glasier. With an Introduction. By May Morris. and two portrats

(Longmans, Green & Co.)

ON THE STUDY OF ENGLISH.

Address given at the Interscholastic English Meeting held on October 4th, 1919, under the joint auspices of the .Osaka Higher Commercial School and the Osaka Asahi Shimbun.

Mr. Chairman, Ladies and Gentlemen:

I esteem it a favour to have been asked to speak before such a large and earnest audience as I see before me this evening, in a foreign language in which all of you are so deeply interested and which I have been studying from my childhood and teaching for many years. On an occasion like this it is hardly necessary to dwell on the desirability of encouraging young students in the study of English as one of the most important means of promoting the commercial or economic relations between Japan and our friendly English-speaking nations on both sides of the Atlantic, as was already mentioned in the advertisement of this meeting. But from a purely idealistic or literary point of view I should avail myself of this opportunity of calling your attention to some of the reasons for the importance we attach to the study of the English language in this country. For about a week I have been so ill that I have not been able to prepare any properly systematized lecture; what I am going to give is just a few disconnected remarks which happened to flash through my head when I was invited to give a talk here.

Everything human in the world, after having risen from necessity of circumstances, has undergone further changes and modifications to meet the need of the people of successive generations. The development of the national language is no exception to the rule. English is the language of the people of democracy and liberty, who have enjoyed freedom of speech more than any other nations of the world and developed their language so as to meet this neccessity of their inner life. The Anglo-Saxons, after untiring efforts lasting many centuries, have made their mother-tongue *par excellence* the language for oration, most splendid in the world. In striking contrast with this, the Japanese language has no oratorical literature worthy of the name in its long his ory covering more than a score of centuries. Having lain under the despotism of the feudal government, our ancestors entirely neglected to improve our language in that direction.

As I wrote a few years ago in the Asahi Shimbun, spoken Japanese of today still remains a language not of publicity, but of privacy, good only for a namby-pamby chat in a boudoir or a tête-a-tête of old-fashioned politicians in a four-mat-and-half conclave. It has, indeed, delicacy and beauty of nuance as well as flowing smoothness of sound, not at all comparable with the "hissing" of English; but it has no such splendid power and lucidity as we find in modern English when it is spoken before a great audience.

Read or hear the speeches given by the Japanese politicians of the present day, and compare them with those of Premier Lloyd-George or President Wilson, Mr. Bryan or even other and lesser stars of oratory in England or America, and you will realize how poor and feeble are the speeches delivered by the Japanese speakers, not only in their contents but also in their expression or the formal elements of their speech. This is no doubt partly due to the fact that the Japanese language is very flaccid and weak as a language for public speaking, having been the tongue of a people who have enjoyed no freedom of speech under a hideous absolutism for many centuries, and who even to day try to keep their lips sealed up as far as possible, believing in the old silly saying "From the mouth comes that which is evil," *Kuchi wa wazawai no mon*, which is only a one-sided truth. Shall we be satisfied with the present condition of our mother-tongue when we are so rapidly becoming democratized?

Language study is not merely a matter of the vocal organs, as some advocates of the so-called "practical" English in this country are very apt to believe, but it must be the study of the real spirit or of the ideals of the people who speak the language. Study English elocution and you will be able to appreciate to the full the true spirit of a "Nation subtle and sinewy to discourse" which has enjoyed for long "the liberty to know, to utter, and to argue freely according to conscience," as the great author of the Areopagitica, John Milton, wrote nearly three hundred years ago.

I venture to say it is one of the most serious duties of the present generation to inspire with a new spirit or genius the Japanese language, the greatest treasure we are proud to have inherited from our fathers, and to leave it to posterity enlivened and enriched with new foreign elements of eloquence, that we may have our Burke and our Webster in future Japanese literature, just as our remote ancestors modified and remoulded our beloved tongue by introducing new elemetns from the classical Chinese language and literature, whose influence gave rise to the elegant letters of the subsequent ages.

Now there is another point to which I should like to call your attention in this connection. The thorough study of any foreign language naturally leads to the study of and liking for its literature, which is absolutely necessary for the understanding and appreciation of the peoples' real life, spiritual as well as material. I think I can safely assert that nothing can give a clearer perspective of the inner life of a nation than its literature. It was the late John Morley who said that literature is an expression of the best thought of the people, but I should say, going a step further, that literature is the truest and sincerest expression of the ideals of a nation. Politicians may sometimes be time-servers, merchants and businessmen may do anything to meet their practical purposes, but poets are always themselves, or true to themselves, because they must be sincere before everything in order to be great poets; no insincere man can write true poetry.

When I think of the truth of the famous saying, *Tout comprendre, c'est tout pardonner*,—To understand everything is to pardon everything,—and when I recall many occasions of international friction in history, which, in the majority of cases, were caused by the mere lack of mutual understanding, I must here emphatically call your attention to the great importance of studying literature for promoting a friendly international relation.

Study the inner life of a people, and you will begin to thoroughly like them. I do not know any American or European who has studied Japanese literature, and yet does not like the people who has produced it. I do not know any Japanese who has studied Milton, Shelley and Browning, or Whittier, Emerson and Whitman, that does not admire the great ideals of the English-speaking peoples.

In order that this assertion of the importance of studying literature for perfect international understanding may not be looked upon as a mere dreamer's phantasy, let me cite in this connection a few remarkable facts from recent diplomatic history. In England it was a remarkable feature in the literary world for the twenty years preceding the outbreak of the Great War that Continental literature was freely introduced to her reading public. It was in this period that hundreds and hundreds of critical works and translations of the modern literature of France, Russia, Italy, Spain and Scandinavia appeared in English. You know that the English people in the age of Queen Victoria was well-known as a people who, with their traditional complacency, cared least for the language and literature outside their own; but from about the beginning of the present century, they began eagerly to read the literature of Continental Europe. When we find this new literary tendency in England exactly coinciding with King Edward's breaking away from the traditional diplomatic policy of so-called "glorious isolation," to initiate his policy of *entente cordiale*, who can deny the close relation between the appreciation of literature and the friendly diplomatic relations which culminated in the triple *entente* at the beginning of the Great War? During the wartime a prominent English journal went so far as to suggest a new term the "literary alliance", which means nothing other than the perfect mutual understanding of two nations by each studying the other's literature. Mr. Edmund Gosse, one of the greatest living writers, used the term literary *entente* to designate the close alliance of England and France.

Again, in this connection, you will be reminded of the friendly relations between France and Russia before the war, a connection which was founded not only on the closely-related financial circumstances of the two countries, but on their mutual understanding through literature. In the latter part of the Nineteenth Century, you know, Russian literature was introduced iuto France by such an eminent diplomat-author as the Vicomte de Vogue, followed by many others, aud it was very widely read by French readers. On the other hand, it is no exaggeration to say that the genius of Russian literature in the last century was practically develcped by the powerful influence of such French authors as Flaubert, Maupassent and Zola.

I do not wish to bore you any longer by enumerating a long list of such examples, as I suppose every reader of diplomatic history will find a great many similar instances even more convincing and more conclusive than those which I have pointed out.

Now let me mention by way of illustration some mistaken ideas of the moral life of the Japanese people, very common among the English-speaking peoples, which will be easily corrected or eradicated by their reading of Japanese literature. It is a common belief in England and America that Bushido is still governing the inner life of the New Japan. It is very true that Bushido remains even in the present time as a sentiment among the older people of this country, but if they make any study of contemporary Japanese literature, which is the truest portrayal of the modernized Japan, they will easily find that Bushido is nothing more than a bit of out-of-date bric-à-brac in the eyes of the younger generation who have been educated on entirely different principles.

Another misconception, very common in England and America, is that the

Japanese are a bellicose and aggressive people. To correct this mistaken idea, nothing is better than to recommend them the reading of the best Japanese dramas, novels and poetry of the age of the Tokugawa, which were nothing other than the outcome of the absolute peace enjoyed by the Japanese people for three hundred years. The study of Tokugawa literature will fully convince the English-speaking public that no nation can produce such literature that did not enjoy a three-century-long stretch of absolute peace. This stretch of absolute peace lasting three hundred years has no parallel in the history of any nation in the world, and will they still think any warlike people can truly enjoy such a long period of utter quiet to create 'things of beauty'?

To return to my subject. It is true that English literature is studied in this country and is not such a sealed treasury as Japanese literature is to the English reading public; but if you make it the sole end of your study of English merely to be skillful in the thrust and parry of every day conversation or to be good at commercial correspondence, entirely neglecting the study of literature, the perfect mutual understanding between us and the English-speaking nations will be beyond our reasonable expectation for ever. In order to understand the real Britain or the real America, you need not go far across the ocean to visit London or New York or Chicago, but stay here and read in the cozy corner of your study or by the fireside some of the best and greatest works of British or American authors. Read Chaucer and Milton, read Ruskin and Carlyle, read Emerson and Hawthorne, and you will find that the Anglo-Saxon is no nation of 'shop-keepers,' that there is the forcible undercurrent of idealism running through their materialistic civilization, and you will get the correct idea of what is their true spirit of democracy and liberty, what is the foundation of their moral life, and what does the present Anglo-Saxon superiority in the world consist in. This kind of study may appear to some of you very unpractical; but please remember that nothing can be more practical than the unpractical in all matters concerning our moral and intellectual life.

後記

我將廚川白村氏的苦悶的象徵譯成印出，迄今恰已一年；他的略歷，已說在那書的引言裏，現在也別無要說的事。我那時又從出了象牙之塔裏陸續地選譯他的論文，登在幾種期刊上，現又集合起來，就是這一本。但其中有幾篇是新譯的；有幾篇不關宏旨，如游戲論，十九世紀文學之主潮等，因爲前者和苦悶的象徵中的一節相關，後一篇是發表過的，所以就都加入。惟原書在描寫勞動問題的文學之後還有一篇短文，是回答早稻田文學社的詢問的，題曰文學者和政治家。大意是說文學和政治都是根據于民衆的深邃嚴肅的內底生活的活動，所以文學者總該踏在實生活的地盤上，爲政者總該深解文藝，和文學者接近。我以爲這誠然也有理，但和中國現在的政客官僚們講論此事，却是對牛彈琴；至于兩方面的接近，在北京却時常有，幾多醜態和惡行，都在這新而黑暗的陰影中開演，不過還想不出作者所說似的好招牌，——我們的文士們的思想也特別儉嗇。因爲自己的偏頗的憎惡之故，便不再來譯添了，所以全書中獨缺那一篇。好在這原是給少年少女們看的，每篇又本不一定相鈎連，缺一點也無礙。

「象牙之塔」的典故，已見于自序和本文中了，無須再說。但出了以後又將如何呢？在他其次的論文集走向十字街頭的序文裏有說明，幸而並不長，就全譯在下面：——

「東呢西呢，南呢北呢？進而即于新呢？退而安于古呢？往靈之所敎的道路麼？赴肉之所求的地方麼？左顧右眄，彷徨于十字街頭者，這正是現代人的心。"To be or not to be, that is the question." 我年踰四十了，還迷于人生的行路。我身也就是立在十字街頭的罷。暫時出了象牙之塔，站在騷擾之巷裏，來一說意所欲言的事罷。用了這寓意，便題這漫筆以十字街頭的字樣。

作爲人類的生活與藝術，這是迄今的兩條路。我站在兩路相會而成爲一個廣場的點上，試來一思索，在我所親近的英文學中，無論是雪萊，裴倫，是斯溫班，或是梅壘迪斯，哈兌，都是帶着社會改造的理想的文明批評家；不單是住在象牙之塔裏的。這一點，和法國文學之類不相同。如摩理思，則就照字面地走到街頭發議論。有人說，現代的思想界是碰壁了。然而，毫沒有碰壁，不過立在十字街頭罷了，道路是多着。」

但這書的出版在著者死于地震之後，內容要比前一本雜亂些，或者是雖然做好序文，却未經親加去取的罷。

造化所賦與于人類的不調和實在還太多。這不獨在肉體上而已，人能有高遠美妙的理想，而人間世不能有副其萬一的現實，和經歷相伴，那衝突便日見其了然，所以在勇于思索的人們，五十年的中壽就恨過久，于是有急轉，有苦悶，有彷徨；然而也許不過是走向十字街頭，以自送他的餘年歸盡。自然，人們中儘不乏面團團地活到八十九十，而且心地太平，並無苦惱的，但這是專為來受中國內務部的褒揚而生的人物，必須又作別論。

假使著者不為地震所害，則在塔外的幾多道路中，總當選定其一，直前勇往的罷，可惜現在是無從揣測了。但從這本書，尤其是最緊要的前三篇看來，却確已現了戰士身而出世，于本國的微溫，中道，妥協，虛假，小氣，自大，保守等世態，一一加以辛辣的攻擊和無所假借的批評。就是從我們外國人的眼睛看，也往往覺得有「快刀斷亂麻」似的爽利，至于禁不住稱快。

但一方面有人稱快，一方面即有人汗顏；汗顏並非壞事，因為有許多人是並顏也不汗的。但是，辣手的文明批評家，總要多得怨敵。我曾經遇見過一個著者的學生，據說他生時並不爲一般人士所喜，大概是因爲他態度頗高傲，也如他的文辭。這我却無從判別是非，但也許著者並不高傲，而一般人士倒過于謙虛，因爲比眞價裝得更低的謙虛和擡得更高的高傲，雖然同是虛假，而現在謙虛却算美德。然而，在著者身後，他的全集六卷已經出版了，可見在日本還有幾個結集的同志和許多閱看的人們和容納這樣的批評的雅量；這和敢于這樣地自己省察，攻擊，鞭策的批評家，在中國是都不大容易存在的。

我譯這書，也並非想揭鄰人的缺失，來聊博國人的快意。中國現在並無「取亂侮亡」的雄心，我也不覺得負有刺探別國弱點的使命，所以正無須致力于此。但當我旁觀他鞭責自己時，彷彿痛楚到了我的身上了，後來却又霍然，宛如服了一帖凉藥。生在陳腐的古國的人們，倘不是洪福齊天，將來要得內務部的褒揚的，大抵總覺到一種腫痛，有如生着未破的瘡。未嘗生過瘡的，生而未嘗割治的，大概都不會知道；否則，就明白一割的創痛，比未割的腫痛要快活得多。這就是所謂「痛快」罷？我就是想藉此先將那腫痛提醒，而後將這「痛快」分給同病的人們。

著者訶責他本國沒有獨創的文明，沒有卓絕的人物，這是的確的。他們的文化先取法于中國，後來便學了歐洲；人物不但沒有孔，墨，連做和尙的也誰都比不過玄奘。蘭學盛行之後，又不見有齊名林那，奈端，達爾文等輩的學者；但是，在植物學，地震學，醫學上，他們是已經著了相當的功績的：也許是著者因爲正在針砭「自大病」之故，都故意抹殺了。但總而言之，畢竟並無固有的文明和偉大的世界的人物；當兩國的交情很壞的時候，我們的論者也常常于此加以嗤笑，聊快一時的人心。然而我以爲惟其如此，正所以使日本能有今日，因爲舊物很少，執著也就不深，時勢一移，蛻變極易，在任何時候，都能適合于生存。不像幸存的古國，恃着固有而陳舊的文明，害得一切硬化，終于要走到滅亡的路。中國倘不澈底地改革，運命總還是日本長久，這是我所相信的；並以爲爲舊家子弟而衰落，滅亡，並不比爲新發戶而生存，發達者更光彩。

說到中國的改革，第一著自然是埽蕩廢物，以造成一個使新生命得能誕生的機運。五四運動，本也是這機運的開端罷，可惜來摧折牠的很不少。那事後的批評，本國人大抵不冷不熱地，或者胡亂地說一通，外國人當初倒頗以爲有意義，然而也有攻擊的，據云是不顧及國民性和歷史，所以無價值。這和中國多數的胡說大致相同，因爲他們自身都不是改革者。豈不是改革麼？歷史是過去的陳迹，國民性可改造于將來，在改革者的眼裏，已往和目前的東西是全等于無物的。在本書中，就有這樣意思的話。

恰如日本往昔的派出「遣唐使」一樣，中國也有了許多分赴歐，美，日本的留學生。現在文章裏每看見「莎士比亞」四個字，大約便是遠哉遙遙，從異域持來的罷。然而且喫大菜，勿談政事，好在歐文，迭更司，德富蘆花的著作，已有經林紓譯出的了。做買賣軍火的中人，充游歷官的翻譯，便自有摩托車塾輸入臀下，這文化確乎是邇來新到的。

他們的遣唐使似乎稍不同，別擇得頗有些和我們異趣。所以日本雖然採取了許多中國文明，刑法上却不用凌遲，宮庭中仍無太監，婦女們也終于不纏足。

但是，他們究竟也太採取了，著者所指摘的微溫，中道，妥協，虛假，小氣，自大，保守等世態，簡直可以疑心是說着中國。尤其是凡事都做得不上不下，沒有底力；一切都要從靈向肉，度着幽魂生活這些話。凡那些，倘不是受了我們中國的傳染，那便是游泳在東方文明裏的人們都如此，眞有如所謂「把好花來比美人，不僅僅中國人有這樣觀念，西洋人，印度人也有同樣的觀念」了。但我們也無須討論這些的淵源，著者既以爲這是重病，診斷之後，開出一點藥方來了，則在同病的中國，正可借以供少年少女們的參考或服用，也如金雞納霜既能醫日本人的瘧疾，即也能醫治中國人的一般。

我記得拳亂時候（庚子）的外人，多說中國壞，現在却常聽到他們讚賞中國的古文明。中國成爲他們恣意享樂的樂土的時候，似乎快要臨頭了；我深憎惡那些讚賞。但是，最幸福的事實在是莫過于做旅人，我先前寓居日本時，春天看看上野的櫻花，冬天曾往松島去看過松樹和雪，何嘗覺得有著者所數說似的那些可厭事。然而，即使覺到，大概也不至于有那麼憤懣的。可惜回國以來，將這超然的心境完全失掉了。

本書所舉的西洋的人名，書名等，現在都附注原文，以便讀者的參考。但這在我是一件困難的事情，因爲著者的專門是英文學，所引用的自然以英美的人物和作品爲最多，而我于英文是漠不相識。凡這些工作，都是韋素園，韋叢蕪，李霽野，許季黻四君幫助我做的；還有全書的校勘，都使我非常感謝他們的厚意。

文句仍然是直譯，和我歷來所取的方法一樣；也竭力想保存原書的口吻，大抵連語句的前後次序也不甚顛倒。至于幾處不用「的」字而用「底」字的緣故，則和譯苦悶的象徵相同，現在就將那引言裏關于這字的說明，照鈔在下面：——

「……凡形容詞與名詞相連成一名詞者，其間用「底」字，例如 social being 爲社會底存在物，Psychische Trauma 爲精神底傷害等；又，形容詞之由別種品詞轉來，語尾有 tive, tic 之類者，于下也用「底」字，例如 speculative, romantic，就寫爲思索底，羅曼底。」

一千九百二十五年十二月三日之夜。

魯迅。

未名叢刊：出了象牙之塔

實價七角 不許翻印 —— 北京東城沙灘新開路第五號 未名社刊物經售處發行

是什麽，要怎樣？

所謂未名叢刊者，並非無名叢書之意，乃是還未想定名目，然而這就作爲名字，不再去苦想牠了。▲這也並非學者們精選的寶書，凡國民都非看不可。只要是有稿子，有印費，便即付印，想使蕭索的讀者，作者，譯者，大家稍微感到一點熱鬧。內容自然是很龐雜的，因爲希圖在這龐雜中略見一致，所以又一括爲相近的形式，而名之曰未名叢刊。▲大志向是絲毫也沒有。所願的：無非(1)在自己，是希望那印成的從速賣完，可以收回錢來再印第二種；(2)對于讀者，是希望看了之後，不至于以爲太受欺騙了。▲以上是一九二四年十二月間的話。

現在將這分爲兩部分了：這里專收譯本；還有集印創作的，叫作烏合叢書。▲創作，誰都知道可尊，但還有人只能翻譯，或者偏愛翻譯，而且深信有些翻譯竟勝于有些創作，所以仍是悍然翻譯，而印在這未名叢刊中。▲親自試過的，會知道翻譯有時比創作還麻煩，即此小工作，也不敢自說一定下得去；然而譯者總盡自己的力和心，如果終于下不去了，那大概是無能之故，並非敢于騙版稅。▲版稅現在還不能養活一個著作者，而况是收在未名叢刊中。因爲這書的紙墨裝釘是好的，印的本數是少的，而定價是不貴的。▲但爲難的是缺本錢；所希望的只在愛護本刊者以現錢直接來購買，那麼，未名叢刊就續出不盡了，我們就感謝不盡了。

已印成和未印成的書目

1. 苦悶的象徵。日本厨川白村作；魯迅譯。價五角。在再版。
2. 蘇俄的文藝論戰。俄國褚沙克等作；任國楨譯。價三角半。

二種北新書局發行

4. 往星中。俄國安特來夫作戲劇；李霽野譯。
5. 窮人。俄國陀思妥夫斯奇作小說；韋叢蕪譯。
6. 小約翰。荷蘭望藹覃作象徵的寫實的童話詩。魯迅譯。
7. 十二個。俄國勃洛克作長詩；胡斅譯。

以上四種現正在校印本社刊物經售處發行